이호영 1936년 6월 13일생

이 책에 실린 연구성과는 한국학술진흥재단(KRF-2005-078-HL0001)의

지원으로 이루어졌습니다.

한국민중구술열전 28

이호영 李鎬暎

1936년 6월 13일생

염철

20세기민중생활사연구단

눈빛

염철 廉哲

중앙대학교 대학원에서 현대시론을 전공하여 문학박사 학위를 취득하였다.
현재는 영남대학교 20세기민중생활사연구단 연구교수로 재직하면서
20세기 한국민중의 일상적 삶과 문학과의 상관성에 관심을 갖고
서울·경기 지역 민중의 생활사 자료를 수집하고 있다.
논저로는 『1930년대 문학과 근대체험』(이회, 1999, 공저),
『한국 문학권력의 계보』(한국출판마케팅연구소, 2004, 공저),
『장삿길, 인생길』(소화, 2005, 공저) 등이 있다.

한국민중구술열전 28
이호영 1936년 6월 13일생

편찬 총괄 — 박현수

초판 1쇄 발행일 — 2007년 9월 29일
발행인 — 이규상
발행처 — 눈빛출판사
　　　　서울시 마포구 상암동 1653번지
　　　　DMC 이안 상암2단지 506호
　　　　전화 336-2167 팩스 324-8273
등록번호 — 제1-839호
등록일 — 1988년 11월 16일
편집 — 정계화·고성희·박보경·최지영
출력 — DTP하우스
인쇄 — 예림인쇄
제책 — 일광문화사
값 7,500원

Published by Noonbit Publishing Co.,
Seoul, Korea
ISBN 978-89-7409-738-7

20세기민중생활사연구단과 '한국민중구술열전'

박현수

어느 시대에나 사람들은 자기 시대가 급변하는 시대라고 생각하였다. 그러나 20세기의 변화는 그러한 급변의 시대와 달라서 한 사람이 나고 자라서 늙는 동안에 사연의 변화를 느낄 수 있을 정도의 절대적인 변화였다. 이토록 현기증 나는 사회·문화 변화의 속도는 우리늘로 하여금 '20세기민중생활사연구단'의 깃발을 내세우고 그 아래 모이게 하였다. 나날이 사라져 가는 가까운 옛날의 일상을 서둘러 기록하고 해석하여 민중생활사를 중심으로 새로운 역사를 구축하기 위한 자료를 집성하기 위함이었다. 소멸과 망각의 위기에 대처하여 지난 백 년의 민중생활 자료를 살려내고 이를 전산화하여 누구나 이용할 수 있게 하자는 것이었다. 우리 이웃의 일상생활을 중심으로 새로운 역사를 구성하면 역사는 민주화되고 한국 인문학은 새로운 바탕 위에서 새롭게 출발할 수 있을 것이 아닌가. 2002년에 조직된 우리 연구단의 목적은 여기에 있다.

우리가 걸어온 가까운 옛날을 잃어버린다면 우리는 그보다 조금 더 오래된 옛날과 분리되어 버린다. 풍경은 근경에서 원경으로 연속되어 전개되어야 완벽한 풍경이 되듯이 시간의 풍경도 원근법을 갖추어야 한다. 시간의 깊이가 보이지 않는 풍경은 촬영장 세트처럼 우리를 어지럽게 만든다. 가까운

5

옛날의 역사를 상실하면 의식의 필름도 끊기는 것이다.

가까운 시대의 역사 중에서도 친숙한 생활의 역사가 제 위치를 차지해야 한다. 가까운 시대와 이웃의 생활사를 원근법에 맞춰 살려내는 것은 역사에 기록을 남기지 못한, 역사 없는 사람들의 역사를 복권시켜 역사를 민주화하는 일이다.

문헌자료를 최고의 사료로 평가하는 역사학은 그 자료의 성격과 한계 때문에 가까운 이웃의 일상적 생활사에 접근하기 어렵다. 한국 고고학은 산업화와 개발을 위한 치다꺼리에 바빠 그런 이웃의 과거에 관심을 보이지 못하였다. 이제 새로운 주제에 대한 총체적 접근을 위해서는 새로운 자료들에 착안해야 한다.

기성 학문체계를 바탕으로 하는 학문의 울타리는 이러한 접근에 도움을 주기 어렵다. 그 울타리를 허물고 20세기민중생활사연구단에 모여든 백여 명의 연구자들은 이제껏 소외되어 온 역사학의 이른바 보조사료(補助史料)들을 재평가하여 중시하게 되었다. 거대한 경관으로부터 조그만 부엌 살림살이나 어린이 장난감에 이르는 생활의 물증(物證), 앨범에 간직된 개인적 사진, 각종 서류, 이제껏 사료로써 이용되지 못한 문학작품 또 기록영화나 극영화 자료 등이 유기적으로 동원되어야 한다.

특히 중요한 것은 형태가 없는 이야기들이다. 한 사람의 가슴과 머릿속의 이야기도 몇 권의 책으로 엮을 만큼 귀중하고 풍부하다. 그러나 아무도 들어줄 사람 없고, 아무에게도 들려주지 못하고 세상을 뜨게 되는 것이 보통 사람들의 이야기다. 민중의 이야기는 역사 없는 사람들의 역사를 구성하는 기본 자료일뿐 아니라 가장 풍부한 자료인 것이다.

흔히 역사 없는 사람이 살아온 이야기는 '생애사(生涯史)'라 불러 역사에 이름을 남길 만한 사람의 '전기(傳記)'와 구별한다. 문자 기록이 적거나 없는 집단의 역사는 에트노히스토리(ethnohistory)라 하여 문헌자료를 바탕으로 하는 '진짜' 역사, 히스토리와 구별한다. 이런 자기 문화 중심주의를 지양하지 않고서 한 걸음 나아간 역사 서술을 기대한다는 것은 어불성설이다. 문자 자료가 없는 사람들의 구술을 바탕으로 전기를 기록하는 작업은 구술자와 연구자의 대화다. 역사 서술의 주체와 객체를 통합하거나 아니면 적어도 접근시키는 일은 새로운 역사의 기본 조건이다.

역사는 항상 새로 써야 한다지만 역사를 한 번 쓰고 버릴 일회용품으로 생각하는 것은 역사허무주의에 다름 아니다. 희랍어 '히스토리아'는 원래 이야기를 뜻하다가 나중에 과거지사(過去之事)까지 뜻하게 되었다. 독일어 '게쉬히테'는 원래 과거지사를 가리키다가 나중에 이야기도 뜻하게 되었다. 같은 말로 표현되더라도 과거지사 자체와 이에 대한 이야기나 담론(談論)은 구별되어야 한다.

그렇다면 무엇이 중요할까. 고대 중국에서도 '술이부작(述而不作)'이라 하여 지어낸 이야기보다 사실 기록을 중시하였다. 사라져 가는 20세기 민중생활의 역사에 대하여 그럴 듯한 담론을 전개하는 것보다 생활의 역사에 관한 사실을 찾아내어 이를 기록해내는 일이 절실함은 당연하다. 마지막 잎새처럼 아슬아슬하게 남아 있는 민중의 일상 모습을 기록하는 일은 지금 아니면 도저히 할 수 없다. 그것은 이 시대의 시민인 우리가 하지 않으면 안 되는 일이다. 이는 역사를 남기지 못한 채 세계적으로 가장 어려운 시대를 살았던 사람들에 대한 최소한의 예설이며, 자라날 후손에게 뿌리를 보여주는 최소한의 배려다.

이러한 작업은 그 작업 과정 자체가 중요한 구실을 한다. 자기의 일생을 이야기하여 시대를 증언하는 사람과 이 이야기를 듣고 받아내는 연구자가 마주앉는 것은 개인의 역사를 사회의 역사 속으로 또 사회의 역사를 개인의 역사에 편입시키는 일이다. 이러한 과정에서 이야기를 펼치는 노인들은 커다란 심리적 만족을 숨기지 않는다.

본 연구단은 새로운 자료들을 '디지털' 방식으로 정리하면서 전통적 방식으로 사진전을 열고 사진집을 인쇄하여 간행해 오고 있다. 2005년 여름에는 이십여 명의 구술자료로 '20세기 한국민중의 구술자서전'이라는 큰 제목 아래 6권의 책을 엮어 낸 바 있다. 이어서 한 사람의 이야기를 한 권의 책으로 펴내는 '한국민중구술열전'을 계속하여 간행해 오고 있다. 앞으로 계속 간행해야 될 이 총서를 무엇이라고 불러야 될지 활발한 논의 끝에 '한국민중구술열전'이라는 총서명이 결정되었다. 후보 제목으로 올랐던 것에는 '우리 곁의 위인' '민중이 이야기하는 어제와 오늘' '이웃이 이야기하는 우리 시대' '이웃들은 어떻게 살아왔는가' '위인전' '대비(對比)열전' '대비구술열전' '진짜 위인전' '평범한 사람을 찬양하자' 등이 있었다. 이들 모두가 본 연구단의 지향점과 이 총서의 실체를 잘 보여준다.

이제껏 눈길을 제대로 받지 못한 가까운 이웃과 옛날의 생활 모습을 총체적으로 기록, 해석하고 또 온 국민이 이용할 자료집성을 구축함으로써 빈사의 한국 인문학을 구출하겠다는 연구단의 야심찬 계획은 이제 외로운 작업이라 할 수 없다. 한국학술진흥재단의 적극적 지원을 얻게 되었기 때문이다. 이 재단을 통하여 우리는 국민의 지원을 받고 있는 것이다. 우리의 작업을 도와주는 모든 이웃에게 감사의 말씀을 드리지 않을 수 없다. 〈20세기민중생활사연구단장·영남대학교 문화인류학과 교수〉

차례

서문

염철

1.

　'거리의 악사' 백연화(남, 72세, 본명: 이호영, 李鎬暎)를 처음 만난 것은 2004년에 광장시장 상인들을 조사하러 다니던 때이다. 조사를 마치고 시장 안의 밥집에서 저녁을 먹고 있는데 갑자기 어디선가 요란한 색소폰 소리가 들렸다. 눈을 돌려 보니 매우 기묘한 옷차림을 한 노인이 광장시장 골목에 자리를 잡고 서서는 색소폰으로 흘러간 대중가요를 연주하고 있었다. 밥을 먹다 말고 일어나 그에게 다가가 말을 붙였다. 그는 매우 큰 목소리로 '만나서 반갑다'고 말하고는 명함을 한 장 건네주었다. 얼마 후 구술을 받을 수 있을까 해서 명함에 적힌 전화번호로 연락을 했다. 그러자 수화기 저편에서 '네, 감사합니다. 거리의 악사 백연화입니다'라는 우렁찬 목소리가 들려왔다. 조심스럽게 전화를 건 이유를 설명하자 구술을 해줄 테니 언제든지 오후 2시쯤 종묘공원으로 나오면 된다고 했다. 그렇게 하여 그와의 두번째 만남은 2004년 9월 10일 거리 공연이 열리는 종묘공원 근처의 다방에서 이루어졌다.

　이 자리에서 그는 자신이 1924년생이며, 20여 년 전부터 종로의 탑골공원과 종묘공원, 광장시장 등지에서 색소폰을 연주하고 있다고 소개했다. 그리고는 곧바로 자신의 큰누나가 1930년대부터 가수 활동을 했다는 이야기로 화제를 옮겼다. 그는 자신의 누나가 '미스코리아'라는 예명으로 1930년대 태평레코드사에서 음반을 낸 가수이며, 대표곡으로는 〈백두산을 찾아가자〉(이후에 〈백두산타령〉으로 불림)가 있다고 했다. 또한 해방 이후에는 '이순이'라는 이름으로 국극단 활동을 하였으며, 탤런트와 영화배우로도 활약했다고 했다.

첫번째 구술이 끝난 후, 계속해서 그에게 구술을 받아야 하는가에 대한 회의가 생겼다. 그가 말한 내용 중 상당수가 사실 관계를 확인하기 어려운 것들이라는 생각이 들었기 때문이다. 결국 도서관에 가서 문헌자료를 뒤지기로 했다. 확인 결과 1930년대 당시 '미스코리아'라는 이름의 가수가 활동한 사실이 있었다. 뿐만 아니라 『한국 대중가요사 1』에는 '미스코리아'의 명함판 사진까지 실려 있었다. 이 사진을 복사해 구술자에게 보여주었더니 자신의 누이가 맞다고 확인해 주었다. 이러한 사실 확인 과정을 거치면서 그를 구술자서전 대상자로 선정하기로 결정했다.

첫번째 구술이 이루어진 이후 2006년 6월 2일까지 총 8회에 걸쳐 구술이 이루어졌는데, 여전히 그의 구술 속에는 사실 확인이 어려운 내용들이 상당수 포함되어 있었다. 이 문제를 조금이라도 해결하기 위해 구술자의 고향인 함양을 직접 찾아가기로 했다. 구술자가 고향을 떠난 지 40년도 넘었기 때문에 '이호영'이라는 이름 하나만으로 구술자의 친지를 찾는 일은 쉽지 않았다. 수소문 끝에 지금까지도 구술자가 살았던 집 ―30년 전부터 비어 있는 상태라고 한다― 을 관리하고 있다는 사촌 동생 부부를 만날 수 있었다. 사촌 동생의 구술을 통해 구술자 이호영과 관련된 다양한 사실들을 확인할 수 있었다. 1937년생인 사촌 동생은 구술자가 자신보다 1년 연상이며, 1950년에 구술자와 함께 '병곡초등학교'를 졸업했다고 했다. 또한 구술자의 큰누나(본명 이진순)가 연예 활동을 했다는 사실도 확인해 주었다. 이렇게 하여 구술자의 구술 내용 중 상당 부분을 사실에 가깝게 재구성할 수 있었다.

2.

1936년 경상남도 함양의 지주 집안에서 2남3녀 중 막내로 태어난 구술자는 함양에서 병곡국민학교와 함양중학교를 졸업하고 남원에서 고등학교를 마친 뒤 대부분의 생애를 타지에서 보냈다. 특히나 전쟁 이후, 부모와 형이 권유를 무시하고 자신의 명의로 되어 있던 토지를 처분해 서울로 올라오고 나서는 아예 고향에 돌아갈 면목이 서지 않았고, 이 때문에 40년 가까이 고향을 찾는 일은 생각도 못하고 있다고 한다.

그는 가수로 활동하던 누나의 영향을 받아 어린 시절부터 공연예술 쪽에 많은 관심을 갖게 되었고, 이로 인해 초등학교를 졸업한 뒤부터 고향의 선후배들과 극단을 결성하고 방학을 이용해 1년이면 2회 이상의 연극 공연을 가졌다. 고등학교를 졸업한 이후로는 누나가 가입한 국극단의 공연을 보기 위해 경향 각지를 돌아다니다 공연할 수 있는 기회를 찾아 소규모 유랑극단에서 잔심부름을 하기도 했으며, 약장사들을 따라다니며 바람잡이 역할을 하기도 했다. 이처럼 그는 끊임없이 예술가가 되는 꿈을 꾸었다. 그러나 예술가의 길은 그에게 허락된 미래는 아니었다. 그가 언뜻언뜻 내비친 것처럼 그에게는 사회적으로 공인받을 만한 예술적 능력이 부족했던 것이다.

예술에 대한 지울 수 없는 열정과 그것을 뒷받침해 줄 만한 능력의 결여 사이에서 방황하며 그가 선택한 길이 바로 '거리의 악사'였다. 거리의 악사가 되면서 그는 비로소 자유를 맛본다. 자신이 하고 싶었던 일을 할 수 있는 기회를 잡은 것이다. 20년 동안 하루도 거르지 않고 길거리에 나와 연주를 하면서 사람들에게 기쁨을 선사할 수 있다는 것 자체만으로도 그는 마냥 즐거울 수 있었다. 비록 그것이 경제적인 성공을 가져다주지는 못했다 할지라도 말이다. 더군다나 길거리 연주자로 나서면서 그는 세간의 주목을 받는 존재가 되었다. 그의 연주를 듣는 다수의 대중들은 물론 그의 생애를 취재하려는 언론사의 기자들에게 그는 이미 스타가 되고 있었던 것이다.

하지만 그가 자신의 일을 통해 성취감을 느끼기 시작하고, 더군다나 유명인사가 되면서부터 가족과의 불화는 갈수록 커져만 갔다. 유럽풍의 검은색 군복을 입고 수염을 길게 기른 채 색소폰을 연주하는 노인의 모습이란 가족들에게는 몹시 우스꽝스럽고 경멸할 만한 것으로 여겨졌다. 그런 데다가 가족사를 포함한 그의 생애가 언론에 공개되면서 그에 대한 가족들의 분노는 점점 더 걷잡을 수 없게 되었다. 이로 인해 그는 지금까지 10년 넘게 가족과 생이별을 한 채 거리의 삶을 살아가고 있다. 그가 말한 것처럼 거리의 삶 또한 그런 대로 견딜 만한 것이며, 자신이 하고 싶은 일을 할 수 있다는 점에서 거리의 삶이 어쩌면 더 자유스러운 삶일지도 모른다. 그럼에도 불구하고 그는 내심 가족들이 자신의 삶을 조금만 더 이해해 주었으면 하는 바람을 여전히 간직하고 있는 것처럼 보인다.

거리의 악사가 살아온 이와 같은 생애는 근대적인 예술 제도의 중심에 서고자 하는 욕망과 그것을 뒷받침할 만한 능력의 부족 사이에서 고민하고 절망하며 자기 삶의 방식을 선택해야만 했던 사람들의 삶을 전형적으로 보여준다. 하지만 동시에 거리의 악사를 선택함으로써 완전하지는 않지만 일정하게 자유와 성취감을 얻게 되었다는 그의 증언은 사회적으로 공인받을 수 있는 예술적 능력이란 과연 어떠한 의미를 지니는 것인지를 묻게 만든다. 그리고 이러한 점이 거리의 악사를 생애사 대상자로 선정한 주요한 배경이 된다. 이 밖에도 대중가요사에서 중요한 위치를 점하고 있지는 않지만 1930년대에 가수로 활동했다는 친누나의 행적, 제칠일안식일교회 활동과 관련된 증언, 유랑극단이나 약장사를 따라다녔던 이야기나 야시장 바람잡이와 관련된 증언들 역시 민중생활사와 관련하여 중요한 의미를 지닌다고 하겠다.

3.

하지만 '거리의 악사'의 구술자서전을 편집하면서 노정된 문제점 역시 짚고 넘어가지 않을 수 없다. 가장 큰 문제점은 구술자가 스스로 정한 내용 이외에는 대부분의 문제에 대해 구체적인 제보를 해주지 않으려 했다는 점이었다. 이는 우선 구술자가 이미 방송국이나 신문사의 인터뷰에 자주 응한 경험이 있다는 점에 기인한다. 특히나 구술자는 신문사 기자들 중 일부가 가족들과의 직접적인 접촉을 시도함으로써 자신에 대한 가족들의 분노를 심화시켰고, 이로 인해 가족 관계가 더욱더 멀어졌다고 생각하고 있었다. 이 때문에 그는 가족과 관련된 이야기를 거의 하지 않으려 했을 뿐만 아니라 그 자신의 직접적인 경험 역시 구체적으로 증언하지 않거나 왜곡된 형태로 증언하는 모습을 보였다. 이와 관련하여 민중생활사연구단의 조사가 언론사의 인터뷰와는 다르다는 사실을 제보자에게 인지시키고 필요한 제보를 받아 내기까지 상당한 시간이 소요될 수밖에 없었다.

다음으로는 구술자의 증언이 갖는 신뢰성의 문제를 지적하지 않을 수 없다. 예를 들어 구술자가 말한 '햇님국극단'의 당시 단장은 이해랑이 아니라 김주전이었다. 유민영의 『한국연극운동사』에서는 햇님국극단의 단원이 20명이라고 밝히고, 단장을 포함하여 18명의 명단을 제시하고 있다. 하지만 이 명단 속에 구술자의 누나 '이순이'의 이름은 등장하지 않는다. 명단에 빠진 2인 중에 '이순이'가 포함되어 있는지는 더 조사를 해보아야 하겠지만 말이다. 사정이 이러한데도 구술자는 여러 차례 햇님국극단의 단장이 이해랑이라는 증언을 반복하고 있다. 현재로서는 이것이 의도적인 왜곡 — 문헌자료를 통해 익힌 정보를 마치 자신의 실제 경험인 것처럼 이야기하는 데서 오는 — 인지, 아니면 오래된 일이기 때문에 정확하게 기억이 나지 않아서 그런 것인지를 판단하기는 어렵다. 이러한 상황 때문에 1930년대에 활동하던 '미스코리아'가 제보자의 친누나인지를 확인하는 일 역시 쉽지 않은 과제로 남아 있다. 이러한 과제를 해결하기 위해서는 다양한 보조 구술자와의 면담, 그리고 문헌자료상의 기록 등을 참조하여야 할 것으로 보인다.

1. 고향과 가족

가족과 떨어져 나와 거리에서 생활하는
구술자에게 과거를 증명해 줄 수 있는 자료는
거의 남아 있지 않다. 이 사진은 아내와
함께 찍은 사진을 제외하면 구술자가 지니고
있는 유일한 청년기의 기록이다. 코팅이
되어 있어 스캔을 했어도 사진이
선명하게 보이지 않는다.

어르신 연세가 어떻게 되시나요?

네, 제가 팔학년 일반입니다. 일천구백이십사년 갑자생입니다.[1] 묻지마라 갑자생. 고생을 많이 했어요. 내 이름은 백연화[2]입니다. 그래서 옛날부터 심산유곡이라고 많이 불렸어요. 내가 그 산을, 강을 좋아합니다. 그래서 심산유곡이라고 부르기도 합니다. 이 이름이 연극과 관련된 것인데, 거기 백연화라는 [것은] 여자분의 이름을 그렇게도 짓기도 하고 그런데, 사실은 이 이름이 여자 이름이라서…. 우리 헌법에 보면은 종교의 자유가 있기 때문에 특별한 이름을 지을 수는 있습니다. 이 연화라는 게 불교에서 나온 것인데, [저는 교회를 좀 다녔습니다] 일반 같은 미션 계통이지만은 육군사관학교에서 넘어가면 삼육대학이라는 곳이 있습니다. 내가 그곳에서 공부를 좀 했습니다. 거기가 미션 계통입니다. '세븐스데이'라고, '제칠일안식일예수재림교회' 그 계통에서 믿음을 가졌습니다.[3]

고향은 어디신가요?

고향은 지리산 근교입니다. 삼 개 도의 오 개 군이 접해 있습니다. 경상남도, 전라북도, 전라남도가 있고, 저쪽에서 군으로 치면 구례군, 남원군, 단양군,[4] 신청군, 하동군 진부 지엽적인 깃과 관련이 돼 있고 해서,[5] 제가 지리산 꼭대기에서 살았다고 합니다. 호남 사람이 물으면 이곳을 말하고, 영남 사람이 물으면 이쪽이라고 하고. 근데 제 고향은 경남 함양입니다. 네, 제가 함양구 읍[6]에서 살았습니다, 옛날에. [형제는] 제가 오남매입니다. 누님이 세 분이고, 형님이 한 분, 나는 막내고, 지금은 다 돌아가셨습니다. 내가 사실 어렸을 때 일곱 살에서 아홉 살 그 사이에 우리 집이 부자였습니다. 그 근교에서는 제일 논이 많고, 밭이 많고, 산이 많

구술자의 고향은 경남
함양군 병곡면 송평리이다.
다리 뒤편으로 보이는
곳이 구술자가 살던
마을이다.

구술자가 고향을 떠난 지는
40년이 넘는다고 한다. 현재
구술자의 집은 30년 넘게
비어 있으며, 형수가
사망한 이후로 이 집의
관리는 구술자의 사촌 동생이
하고 있다. 구술자의 제보에
따르면 당시 이 집은 군수가
와서 부러워할 정도로 큰
집이었다고 한다.

고 상당히 부자였어요. 부자였기 때문에, 지금은 아무것도 아니지만은
그때는 기둥이 둥근 기둥이라요, 기와집이. 거기 군수가 찾아와서 우리
집보다 더 좋다고, 이렇게 집이 너무 좋으면 안 좋다는 이야기까지 들었
대요. 저희 집이 그렇게 부자였어요. 그리고 한학의 집안이었어요. 제가
일곱 살에서 아홉 살 사이에 사서삼경을 읽었습니다, 그때요. 조금 늦게
읽고 그랬으면 좋았을 텐데. 지금도 사서삼경, 일반[7] 국어사전, 영어사

전, 일어사전, 성경 이런 것들을 머리맡에서 멀리 두고 있지 않습니다. 그렇게 시골에서 자랐습니다만, 그때는 지게를 안 진 사람이 없었습니다. 그런데, 옛날에는 [나는] 지게를 안 졌습니다. 집안이 잘살았기 때문에 일도 하지를 않았습니다. 그때부터 영 내가 지금도 [마음의] 짐을 지고 다닙니다. 그래서 생각을 했어요. '그때 우리 친구들은 다 지게를 지고 다니는데, 이제야 내가 지게를 지고 다니는구나' [하고]. 참 죄⁸⁾라는 것을 꼭 받는 것 같아요. 그때 친구들이 얼마나 나를 욕을 했겠어요. 그때 만날(맨날) 고기나 낚으러 다니고 그랬으니까. 주위 사람들이 낚시를 하고 하기 때문에, 낚시 참 어려서 했습니다. 조그마한 대나무에다가 이래 (이렇게) 해서, 줄을 딱 매어요. 길게 안 맵니다. 돌 밑에다가 살짝이 놓으면은 뭐가 탁 물면은 덜덜 떨려 버려요. 그렇게 낚은 기분이 오직(오죽) 좋았겠어요. 좀 큰 강으로 가져가서 던지고, [고기를] 낚아 가지고 [만세를 불러요]. 대한독립인가. 그때는 조선독립이었나 모르겠어요. 큰 걸 잡으면 자랑하고 싶어 가지고 집으로 가지고 들어와요. 술을 같이 먹게 하자고. 술 같은 거를 참 좋아했어요. 어릴 때도 그렇고, 커서도 그랬고. 클 때는 술은 그렇게 안 한 것 같아요. 담배는 안 했고. 집에서 도저히 피울 수도 없구요. [농사일] 다 끝나고 마무리를 하는데, 형수가 볼 때에는 어떻게 보겠어요. 다른 친구들도 거든다고 그러고 있는데, 낚싯대 들고 갔으니 참, 얼마나 밉겠어요. 그때 그런 마음이 어디에 있었냐면은 '노래를 공부하고 싶다. 딴따라 같은 거 하고 싶다. 일은 도저히 싫다' [그런 데 있었던 것 같아요]. 그때 내가 생각하기에 몸이 그렇게 건강하지 못했던 것 같아요. 들일을 전혀 못했어요. 그런데 꾀는 많았어요. 나보다 힘이 크고 이래 해도, 무슨 씨름을 한다고 하면은 어떻게든 하고, 무슨 공을 찬다거나 이런 것을 할 때, 제기차기라든가[를 할 때] 꼭 그런 사람한테 이기고 그랬습니다. 큰 사람들도 그래서 내 품으로 올라고(오려고)[했어요]. 키는 쪼끔했지만. 그 당시에 어떻게 했는지 피리를 만들었어요. 우리 집에는 별장이 있었습니다. 별장에 대나무가 그렇게 많았습니다. 다른 사람이 와서 그거 하나 베어 가지고 갈라면은 "아, 가져가. 그 집 막내가 가져가라고 하는데 가져가" [그랬어요]. 그냥 [실제로] 내가 안 줬더라도 우리 집에서 말을 안 해요. 그래서 가져가라 그러면, 대나무를 잘라서 쇠를 달궈 가지고 구멍을 뚫어서 피리를 만들어서 불어요. 쇠를 달궈서 구멍을 뚫어요. 밑에 구멍도 안 뚫고 그러니까 음이 제대로 맞지도 않고 그랬지요. 그거를 들고는 콧김을 내면서 [부는 기라]. 그러니까 주위에 것은 보이지도 않는 기라. 그렇게 지내면서 놈팽이로 이름이 났고[하니까 지금도 고생을 하고 다니는 것은 누구든지 그럴 거야. 고생을 해도, 백 번 해도 싸대고].

할아버지, 할머니에 대한 기억은?

할머니, 할아버지는 옛날의 풍습과 한학에 대한 이런 것이기 때문에 전혀 이런 것[9]에는 거, 반대입니다. 기억나는 것이 그렇습니다. 옛날의 거 (그) 한학을 하신 분입니다. 한학을 하시는 것을 왜 봤냐면은 일고여덟, 아홉 살까지는 한문을 읽으면서 사서삼경을 읽었습니다. 한문이라는 것은 뜻글인데, 음으로만 이렇게 읽고 할 때인데, 지금에 와도 기억은 납니다만 큰 도움이 안 됩니다. 내가 만약에 한 칠팔 년만 지나서 다 읽었으면은 참 대단할 거야. 그것을 그렇게 가르쳐 주실라고 아침 다섯시면 딱 깨우셔서 그렇게 읽힐라고 하셨는데도 [내가 잘 따라가지를 못했습니다]. 우리 어머님은 잘하십니다. 내가 배우는 것을 보셨기 때문에. 오히려 어머님 실력이 나보다 나았습니다. 내가 글자를 물어보면은 어머님이 가르쳐 주시고, 꼭 그날 읽은 것은 그날 안에 꼭 되풀이하고. 그러고 나서 오늘 일과를 이렇게 해주시고. 한학은 참 [어려워요]. 부모님의 생각을 제일로 생각해 보면은 길에 가다가 곡식이 이렇게 떨어져 있으면은 그냥 밟고 안 지나가십니다. 꼭 주워 가지고 오십니다. 그 당시에 내가 알기로는 우리 머슴이 둘이고, 논, 밭, 산이 그 고장에서는 제일 많다는, 부잣집이라고 했습니다. 그렇게 했기 때문에, 그런 것은 한학을 연구하신 분들이[기 때문에 곡식 같은 것을 소중하게 여겨서] 잘 밟지도 않고, 어떤 일이라도 하려고 하시고 [그랬어요]. 이런 노래 같은 거는 저기서 오면은 벌써 가야 돼요. 노래가 자꾸 나오면은 거서기[10] 할 수가 없고, 어머님은 그래도 이해를 하시는데, 할아버지 할머니는 도저히 이해가 안 돼요.

한학은 할아버님께 배우셨어요?

난 직접은 아버님께 배웠어요. [아버님이 한학을 했다는 이야기가] 족보에 보니까 나오고 했는데, 그 당시에 어디서 한문을 모르고 하면은 저희 아버님께 다 물어보고 하셨습니다. 좋은 서적들도, 참 옛날 것도 많고 그랬었는데.

부모님 형제분은 몇 분이나 되세요?

삼촌하고 둘이, 고모는 여럿이라. 고모님은 한 셋인가 그랬어. 그런데 멀리 떨어져 계셨습니다. 충남 공주에도 계셨고, 부산에 있었고, 또 하나는 시골인데 이름을 잘 모르겠습니다. 내가 잘 알기로는 그분도, 우리 고모님 아들도 서울 상대를 나온 것으로 알고 있습니다. [그런데 제가 고향에서] 완전히 떨어져서(떠나와서) 완전히 불효입니다. 어머님 떠나는 것도 못 봤습니다. 거서기[11]를 한 지가 삼십 년이 넘었습니다. 이런(이렇게) 불효막심한 것인데, 언젠가는 갈 겁니다. 내가 가끔 달을 보는데, 신앙적인 것은 아니더라도, 저 달이 부모님의 산소를 비추고 있을 거다 [생각하면서] 그 달을 보고 이야기를 할 때가 있습니다. '내가 언젠가는 부모님을 찾아가겠습니다. 그때까지 어머님 평안하게 잘 계십시오. 내가 형편이 잘 안 돼서 찾아뵙지를 못하겠습니다.' 그런 생각을 할 때 말입니다. 우리 이산가족이 오십 년이라고 합니다만, 같은 땅, 같은 하늘에 있어도 지금 삼십 년간을 자기 인척을 안 찾아본 사람들이 많이 있습니다. 내가 그것을 알고 있습니다.

어르신의 형제분들은?

우리는 오남매입니다. 이남삼녀[지요]. 맨 위에가 형님이고 내가 제일 꼴(막내)이고. [미스코리아] 그 누님이 제일 큰누나고.[12] 참, [누님은] 연극을 [할 때면] 나를 친구라고 하는데, "어이! 친구" 그래요. 하도 자주 [누님집에] 가고 그러기 때문에. 그러면 [내가 무얼 해야 할지] 알아요. 아이고, [누님이] 턱, 이렇게 누웠어요. [그러고는 연극 대본을 주고 읽어라, 그래요. 그러면은 상대역을 내가 읽어요. 각본을 보고. 누나는 그것을 외워 가지고 연기를 해요. 주위 사람들한테 물어보니까 참 연극을 잘한대요. 누나가 나이는 많지만은 모 방송국 탈렌트(탤런트) 일기생이랍니다. 정애란 씨도 그렇고. 한 번 참 찾아뵈어야 되겠어요. 내가 전에 정애란 씨가 모[13] 사업을 할 때, 내가 누님하고 거기를 갔어요. [누님이] 내 동생이라고 이야기도 해주고 [그랬어요]. 누나보다 나이는 적을 거예요. 거기 가면은 누나에 대한 자세한 얘기는 참 거서기 할 거예요. 거기[14]는 같이 활동을 했다고 합디다. 정미희 씨 이런 분들은 다 돌아가고 [없어요]. 또

한 분 있는 분이 모 방송국에 이상만 연출가라고, [그분과] 친분이 있는 걸로 알고 있습니다. 지금은 〈홍도야 울지 마라 오빠가 있다〉 부르셨던 김영춘 씨도 누나보다는 후배고, 복혜숙 씨는 나이가 많고, 임춘앵 씨는 누나를 보고 언니 그러십디다. 임춘앵 씨는 국악단 단장입니다. 김경애, 김진진 들은 임춘앵 씨 밑에서 큰 분입니다. 형님도 그때 대단하셨습니다. 형님도 그때는 보통학교를 졸업을 하시고, 그 당시에 그 학교를 나오면은 못 돼야 군수라고 했습니다. 그 당시에 학교가 보통학교라고 했지만은 또 좋은 학교를 나왔고, 진주농고 삼회인가 일회인가 삼촌이 그렇게 졸업했고. 육촌[15]이 동경제대를 나왔습니다. [삼촌의 이름은] 아, 뭐 거기, '채' 자 '순' 자입니다. 삼회 졸업생인가 [그래요]. 당숙은 [이름이] 이삼판인데, 호적상으로는 어떤지 모르겠네요. 우리 형님하고 나이가 비슷했던가 했을 겁니다. 굉장히 많이 싸웠습니다. 당숙하고 우리 형님하고 서로가 [사이가] 좋지 않은 것을 알고 있습니다. 그 당시에는 동경제대를 나온 사람들이 사상과 이념이 조금은 이북의 그런 것들이 많이 있었어요. 내가 압니다. 형님은 도저히 그런 걸 싫어하고(좋아하지 않고), 당숙은 논 같은 거 많이 가지고 있는 거 좋아하지 않고. [하지만] 그 당숙도 굉장히 부자였습니다. 그 시골에서 집을 이층으로 지어 놓고 살고 그랬거든요. 동경제대에서 배워 가지고. 그래서 당숙하고는 별로 좋아하지를 않았습니다. 그 고을에서 내가 알기로는 하중수 씨라고 있습니다. 그분하고, 동경제대 나온 사람들이 여럿 있었습니다. 그래서 형님이 싫어하니까 나도 당숙을 싫어합니다. [오촌 당숙도 기억이 납니다.] 우리 부모님하고 이야기를 하고 있는데, 순사가 쳐들어왔어. 뒷문으로 도망을 가고 있어. 옛날에 빨갱이들은 안 그래요? 담이 와르르 무너지던

그 기억이 납니다. 급하니까 뛰어넘어 가다가 돌이 막 무너지는 소리가 나고, 도망을 갔어요. 그래서 굉장히 싫어했어요. 그래 가지고 육이오사변이 일어났는데, 어땠겠어요? 얼마나 우리가 어떻게 됐겠어요? 육촌 당숙이 내려와서 세를 썼는데(권력을 휘둘렀는데), 우리는 꼼짝을 못했어요. 그때 그랬는데, 그놈들이 내려왔는데 큰일 났지요. 뭐, 거기서 [동네 사람들이] 나쁜 짓 하고 [그런 사람들이나], 면서기 뭐 이런 사람들 다 가르쳐 주고, 대단했어요. 남동구라는 사람은 부잔데 대단한 사람입니다. 내가 알기로는 그 당시에는 서울특별시장을 했다고 합디다.[16] 근데 내가 뭐 알겠어요? 거기 또 우리가 안 이겼소? [서울]수복. 그래서 우리가 다시 세를 쓰고. 형제간에도 친척 간에도 그렇게 달라. 사촌 형이 따라갔지요. 북쪽으로. 사촌 형은 뭐, 청년단장[17] 하고 그랬죠. 글로(그리로) 따라가더라구요. 옛날에는 보도연맹이라고 있었습니다. 그 형님이 보도연맹에 가입했는데, 그때 이대통령 있을 때입니다. 그때는 우리 시절입니다. 인민군 시절이 아닙니다. 경찰서에 딱 갇혔었는데, 그때 한 칠십 명이 죽었습니다. 그때 모 산골짜기에서 이렇게 [땅을] 파 놓고, 저 지리산 근처에서 [죽였어요]. 그때 당시에 인척이 국회의원이라요. 국회의원하고 삼촌하고 그렇게 찾아갔어요. 조금 전에 차에 싣고 나갔다고 했더래요. 트럭에다가 손을 이렇게 해서 다 묶었다고 하더라구요. 새끼로 묶었더래. 그래서 거기를 따라가고(따라갔어요). 국회의원이 이야기를 하면 옛날에는 나올 수가 있었어요. 근데(그런데) 늦어 가지고 [구하지를 못했어요]. [그런데] 올라갈라고 하니까,[18] 사람이 죽을라고 하면은 아는 게 있는 모양이에요. 그래서 그중에서 안 갈라고 하는 사람이 있는 모양이에요. 그 사람은 그래서 산에 올라가지도 못하고 죽었지요. 그래서 조금이라도 더 살라고 거기를 올라갔지요. 올라가 가지고 그냥 미군하고, 한국인하고 둘이 그라더랍니다(그러더랍니다).[19] 보도연맹에 가입한 사람들이 거기서 칠십 명인가 그렇게 죽었습니다. 총을 맞은 사람도 있고, [산 사람은] 살았지만은 정신이 있겠어요? 다 쏴 죽이는데. 그래서 휘발유를 뿌려 가지고 불을 질러 버렸대요. 그렇게 해 놓으면 접근을 잘 못하는 거 아닙니까. 부모라도. 그래 가지고 삼 일인가 [지나서] 그렇게 여럿이[20] 붙들려 간 사람들을 찾으러 가서 보니까 시커멓게 타서 아무것도 알지를 못하겠대요. 그래서 내가 기억이 나는 것은, 우리 부모님하고 숙모하고[는] 가지를 말고, "우리가 가마" 해서 여자분[들]하고, 형수씨하고 그렇게 간 것으로 알고 있습니다. 그 이튿날 가 가지고 뭘로 찾았냐 하면은 그, 이에 흰 이똥이라고 칫솔로 닦아도 안 닦아지는 게 있어요. 흰 이똥이라고 그거하고, 형수씨한테 물으니까 단추를 갖다가 흰 걸 두 개를 달고 검은 걸 하나를 달았답니다. 아마 그때는 삼베옷을 입고 그랬던 모양이라요. 그렇게 [해서] 찾아서 우리 작은집에는 산이 없고 해서 우리 산에 묻었습니다. 그때 그 형은 돌아가셨습니다.

어르신도 좌익 활동에 관심이 있었나요?

그쪽하고 [나하고는] 반대리요. 니는 기서기를 안 했어요. 아이고, 나는 그때 활동 같은 거 하지를 않고, 한다고 하면은 연극이나 영화나 보고 [그랬어요]. 그런 거[21]를 할라믄 어떻게 해야 하나 그런 거나 보고, 맨 이런 것만 연구하고 다니고 하니까, 이를테면 공무원 활동이나 청년 활동 같은 거는 거의 없었습니다.

2. 큰누나 이순이

큰누나에 대한 이야기를 좀더 해주세요.

국악에 있었던 우리 누님이 나이는 많지만은 사실은 케이비에스 탈렌트 일기생입니다. 그런데 우리 누님은 잘 알려지지는 않았습니다만, 누님의 이름이 예술계에서는 '미스코리아' 였습니다. 지금 보면은 전부 그렇게 나옵니다. 왜정시대 때부터 그렇게 불렀으니까요. 어떻게 초대 예술인들 나오는 데 보면은, 〈목포의 눈물〉 부른 이난영 씨, 부군 되시는 분이 김해송 씨라고 이북으로 갔지요. 신카나리아 씨, 〈홍도야 울지마라〉 부르는 김영춘 씨라고 있었습니다. 그 당시에 황문평 씨라고 [있었는데] 돌아가셨습니다. 작곡도 많이 하시고 그랬죠. 사실 [누님이] 그분들 모두[의] 선배입니다. 그분이 제 친누나입니다. 저기 신나라레코드사에 보면은 옛날 책이라고 많이 있는데, 이십삼만원에 냈어요. 그게 시디하고 같이 붙어 있어요. 그게 누님이 제일 먼저 사진이 나왔다고 합니다. 책갑에. 제목이 『사라져 간 옛 노래』인가 [그랬는데], 이것은 노래인데, 그것은 시디도 들어 있어서 이십삼만원에 팔았다고 하더라고. 신나라레코드사에밖에 없습니다. 그때 보면은 노래를 한 오십여 곡을 했어요. 지금까지 그렇게 남아 있는 노래는 〈백두산을 찾아가자〉라는 그런 노래를 불렀습니다. 〈백두산 타령〉인가 그것을 보면은 박기영 작곡, 박기영이라는 그분이 작곡을 하셨고, 그때 김영호라는 분이 작사를 하셨고, 노래는 '미스코리아' 이렇게 적혀 있습니다.[22] 그때 보니까 '찔레꽃 붉게 피는' 뭐 그랬던 백난아 씨라고 있었습니다. 그분하고 같이 실렸더라구요. 그분들이 예술에 살다가 [간 분들]이에요. 그때는 약간 끼가 있었던 집안이었던 것 같아. 그래서 거기를 따라다니다 보니까 이렇게 허허. 거기 초창기 '시공관'에 매일이다시피 드나들었습니다. 누나 덕

분에. 초창기에는 국악계를 알아줬거든요. 서울에서 누님이 집에 붙어 있을 시간이 전혀 없었어요. 그때도 굉장히 멋쟁이라고, 보통 멋쟁이가 아니에요. 이렇게 높은 거.

하이힐이요?

응, 키는 그렇게 크지 않지만 연기를 잘했답니다. 내가 주위 사람들한테 들었어요. 옷을 날마다 갈아입는 게 보통 멋쟁이가 아니라요. [그래서] 요즘 같으면 시골을 몇 번을 내려왔을 거라요. 그런데 올 처지가 안 돼서 [못 내려왔어요]. 아버지는 도저히 그런 거를 [용납을] 못해요. 그래서 거의 공연이라. 우리나라 초창기의 극단인데, 초대 회장이 이해랑[23] 씨라고 연세가 됩니다. 그분들의 사정을 잘 압니다. 이해랑 씨, 김진규 씨, 저기 케이비에스 방송국에 상당히 이상만[24] 연출이라고, 유명했었습니다. 우리 어릴 때에는. [누님이] 그분들을 아주 자세히 압니다. 누구는 어떻게 해서 성공을 하고, [누구는] 피아노 하나로 고생을 하다가 작곡가로 됐다고…. 주중녀[25], 문중석이는 이북에 가서 혼인을 했는데 상당히 예쁘더래요. 우리 악극단에 따라가자 해서 따라갔다는 그런 이야기를 하는데, 그런 사정을 잘 알고, 김진규 씨하고 이민자 씨하고 이혼을 하고 그런 것을 [잘 알고 있었습니다]. 그때 이민자 씨는 상당히 인기가 있었고, 김진규 씨는 별로였습니다. 그런데 김진규 씨는 집에 있게 되었더랍니다. 이민자 씨가 남자를 봤더랍니다. 그래서 딴 분하고 재혼을 한 것입니다. [누님은] 서울만 있었던 게 아니고, 부산, 대구 이렇게 [다녔어요]. 해방이 된 이후로는 미국으로 자주 가지 않았어요. 각 단체에, 서울에서 가장 많이 하는 것은 명동에 [있던] '시공관'입니다. 그때는 임춘앵 씨, 임춘앵 씨가 돌아가신 다음에는 김경애 씨, 김진진, 김경수…. 국악계에서는 누님을 알아줍니다. 탈렌트 이런 것은 누님이 일하다가 안 맞는 것 같다고 국악계로 간 것이죠. 그때에 「명동백작」을 보니까 임춘앵 씨하고 이해랑 씨, 김백봉 씨가 나오더라구요. 임춘앵 씨는 초창기에는 국악계에 상당히 있었던 것 같아요. 김진진 씨 같은 분들은 누님의 뜻을 알 것 같아요. 그 계통에서 상당히 나이 많은 역을 잘하시고, 「선화공주」인가에서는 누님이 왕비인가 했어요. 해방 바로 전인가 해방 바로 후인가, 거기서 왕비 역을 하셨고, 그 이후로는 나이가 많기 때문에 나이 많은 역을 했습니다. 김경수 씨도 살아 계시고 김진진 씨도 살아 계시고, 김경애 씨도 살아 계시고, 그분들한테 물어보면 그분들이 더 잘 아실 거예요. 탈렌트 계에서는 정애란 씨한테 물어보면 더 잘 아실 거예요. 방송계에서 잘 아시는 분은 이상만 씨 그분이 케이비에스 고문으로 있는 것으로 알고 있습니다. 그분한테 물어보면 잘 아실 거구요. 황문평 씨도 잘 아십니다만 다 돌아가시고. 그분들이 오히려 같이 행동하시고 해서 그래서 영화도 여러 개를 출연하시고, 「양산도」라는 영화에 '삼돌이 엄마'로 나오고, [노래는] 〈백두산 타령〉인데 작곡은 전기현 씨가 하시고,[26] 태평레코드사에서 초창기에 한두 곡이 아니라, 전 곡을 다 불렀는데, 그렇게 알려지지 않았어요. 탈렌트로 그쪽으로 나갔으면, 정애란 씨처럼 됐을 텐데. 연기는 상당히 잘하는 것 같아요. 그분이 칠십 년 동안 고향에를 안 갔다고 하면 참 대단한 겁니다. [한창 때는] 누나가 돈을 보내고 싶어도 부모님 무서워서 못 보내겠다[고 그랬는데], 그런데 이제는 돈도 없고 [그래서 보낼 수가 없다고 그러더라고]. 해방 전에도 참 멋쟁이에요. 그 당시에도 비누로 얼굴을 어떻게 씻느냐고, 그러면 얼굴이 닳아서 못 쓴대요. 뭐 크림인가를 발라요. 그래서 내가 지금 이러고 있는가 봐요.

끼가 있는 집안은 달라요.

누님의 본명은?

네, 누님은 일반에 나오는 것은 이순이[27]로 나옵니다. 본명은 분명 아닙니다. 그런데, 국악을 할 때에는 이순이로 나옵니다. 지금 살아 계시는 김경애 씨나, 김경수 씨나, 김진진 씨한테 물어보면, "아이구 선배님 참 대단하시네" 이럴 거라구요. 국악을 잘합니다. 제일로 그분하고 잘 지내신 분이 지금도 살아 계시는 정애란 씨가 나이는 훨씬 어리십니다만은 상당히(상당한) 친분으로 알고 있습니다. 정애란 씨가 다방을 하시고 할 때 거기 가서 제가 많은 인사도 받고 그랬었습니다. 네, 이제 알려질 거예요. 거기[28]에도 볼 것 같으면 이렇게 써 놨어요. "거기 사는 연대도 모르고, 어디에 사는지도 모른다." 그렇게 나와 있어요. 미스코리아로 이렇게 나오고. 그때는 태평레코드사인데, 일본 레코드사입니다.

누님이 집을 나간 것은 언제쯤인가요?

[누님이] 맨 처음에는 집에서 몰래 나갔죠. 몇 살에 나갔는지, 어릴 때 나가서. 아마 스무 살 안인 것 같아요.

나이 차이가 많이 나신 거죠?

그럼요. 나이 차이가 많이 났죠. 내가 누님의 모습을 기억을 못할 정도니까, 너무 어려서.

누님을 따라다닐 때가 언제셨죠?

내가 그때는 제법 됐어요. 아마 [스무 살] 넘어서도 그랬고, 방학이나 학교 다닐 때도 누님을 많이 만났어요. 어머님은 조금 아셨습니다만, 아버님은 전혀 몰랐습니다. 알면 완전히 집으로 오라고 하니까. 우리 집안의 환경과 문화[는] 옛날 고풍의 한학을 참 많이 하셨습니다. 내가 여서(여기서) 일고여덟 나이에 사서삼경을 읽은 것 같아요. 내가 조금 늦게 읽었으면 참 좋을 뻔했어요. 그러면 뜻을 알고 [그랬을 텐데]. 그때는 음으로만 읽혔어요. 음악 하고 노래를 하고 그런 것을 할 수가 없었어요. 대번에 쫓겨나요. 광대라고 이래서. 그래서 그 누나는 꼭 배우고 싶었던 모양이라요. 그때 당시 살살 보니까, 방송국의 일을 하고 싶었던 마음이 굉장히 불탔던 모양이라요. 그래서 그 뒤에 자라나면서 이야기를 들으니까, 그 당시에 누나한테 결혼 중매가 들어오고 그랬습니다. 그때 나이로 결혼을 하기는 십오, 십육 세 정도에 결혼을 하는 것으로 알고 있습니다. 지금은 초등학교지만, 초등학교 교장으로 지금은 굉장히 잘나가고 [하는 분인데], 그분하고 결혼 얘기까지 없었는가(있었는가) 싶습니다. 우리도 부자였고, 그분도 오부자라고 유명했습니다. 그래 가지고 우리 누나가 그때부터 예쁘장하게 그랬나 봐요. 그런데 서울로 왔던 모양이라요. 왔으니 고생이라는 것은 말할 것도 없겠죠. 어릴 때 거스그를 해가지고. 그래서 거기서 아마, 극단에서 여러가지 일도 하고, 바느질 같은 것도 해서 주고, 그 선배들[한테] 그렇게 했던 모양이야. 열심히 배우는데, 그 당시에도 고향에서 노래를 잘했다고 그랍디다. 그때는 레코드라고 하지 않고 축음기[20]라고 그랬어요. 축음기를 어떻게 해서 구해서 그렇게 따라 부르고 그랬다고 합디다. 나는 알지도 못합니다. 시골에서 누나를 싹사낭하는 사람이 많았던 것 같아요. 그 사람들이 어떻게 그랬는지 일본에 가서 누나의 판을 구해 왔어요. 레코드사에서. 그 노래를 틀어 주는데 [다른] 얘기는 안 하더라구요. 이 노래 좀 들어 보라고 [그래요]. 그런데 그 사람은 아는 기라요. 누나를 아마 몹시 사랑을 한 것 같아요. 하지만 내가 그 사람을 무시하는 것은 아니지만은 그 사람은 우리 집안에 살 수 있는 사람이 못 돼요. 그 고을에서는 논하고 밭하고 산을 제일 많이 갖고 있었어요. 우리 집이. 그랬기 때문에 상당히 높았습니다. 우리 삼촌이 진주농고를 나왔습니다. 그 당시에. 당숙이 일본 와세다를 나오고. 그래서 형님하고 [싸우고 그랬어요]. 거기 나왔다고 큰소리를 치니까. 우리 형님은 질라고 안 합니다. 아제(아저씨)고 그런데 사상에 물이 들었어요. 저쪽 사상[30]이 있었어요. 내가 알기로는 그 이후에 서울시장을 했다고 들었어요. 상당히 똑똑해요. 집도 이층으로 지었어요. [웃음] 시골에서. 우리 작은할아버지의 아드님이지요. 굉장히 교육열이 높았습니다.

누님이 예술계에 종사한다는 사실을 언제 아셨나요?

[내가] 어릴 때 부잣집에 막내로 태어났기 때문에 상당히 귀여움을 많이 받았습니다. 그때 어릴 때부터 상당히 노래를 좋아했습니다. 저희 형님도, 누나들도 노래를 좋아하시고 우리 어머님도 노래를 상당히 좋아하셨던 것 같아요. 나는 우리 어머님을 오래 모시지도 못하고 그랬습니다만. 그저 뛰어놀 줄만 알았지, 일을 한다거나 하는 것은 전혀 생각도 못했고, 하지도 않았습니다. 내가 안 해도 우리 집에서 아무런 영향이 없고, 집에 제가 알기로는 머슴이 한 둘 정도 돼 놓으니까 내가 안 거들어도 되었기 때문에. 내 어릴 때 친구들은 그때부터 일을 하고 꼴망태 메고, 지게를 지고 가도 저는 예사로 봐서 그냥 그런 것이다 했지 저는 그런 것에 전혀 참여를 하지 않았습니다. 주위에서 볼 때는 나를 아주 그냥 놀림팽이다 그러고 여러가지로 생각했을 거예요. 그런데 나는 그런 것을 생각도

못하고 세상이라는 것은 학교에 가서 공부를 하는 것이…. 내가 공부를 잘하지는 못했습니다만은 좀 열심히 할라고 들면은 갑자기 상위권에 드는 이런 뭐가 있었습니다. 일등이나 이등을 할 때가 많았어요. 특출한 뭐가 있었어요. 그렇다고 해서 내가 반장을 하고 그런 것은 아니었습니다. 그때까지도 제가 노래만 부르고 다녔어요. 내가 초등학교 때부터 낚시를 하러 다녔으니까. 전혀 거스그 없어요. 상당히 편안하게 자라났어요. 그때 그 누님이, [내개] 좀 커 가지고는 서울에 있다는 것을 알았어요. 아버님은 모릅니다. 어머님이 어디서 정보를 들어 가지고 거스그를 했고. 주위 사람들이 [말하는 것을 들어 보면] 누님이 상당히 예뻤던 모양이에요. 왜 그러냐면은 '미스코리아' 라고 붙였을 때는 [다 이유가 있지 않겠어요]. 아마 정애란 씨나 이상만 씨나 그분들한테 물어보면 알까. 그렇지 않고서는 내가 잘 모릅니다. 그때부터 내가 누나를 따라가야 되겠다 그런 생각을 했어요. 근데 그 생각을 어머님은 알았어요. 누나를 따라간다고 했을 때 어머님이 가만히 생각해 보니까, 어머님이 연세도 많고 하니까 나를 누나에게 맡겨야 되겠다 이렇게 생각을 했던 모양입니다. 나는 잘 몰랐습니다. 괴나리봇짐을 지고 [올라갔어요], 어릴 때에요. 그때는 학교가 다 끝나지도(졸업하지도) 않았어요. 찾아가서 누님을 만나서(만나려고) 그때에 괴나리봇짐을 지고 탁 [서울역에 내렸어요]. 아버님도 모르게 했으니까. 누나가 [그런 일을 한다는 것을]. 그래서 전차를, 일원인가 모르겠습니다. 서울역에서 청량리까지 가는 건데…. 모르겠습니다. 기억이 [안 나네요]. 이렇게 지하철 올라가는 데가 블록 같은 게 불쑥하니 올라와 있어요. 거기서 탑디다. 손을 이래 하고 저래 해서. 그걸 타고는 [갔어요].

어머님이랑 같이 갔나요?

그럼. 어머님은 연세가 조금 그렇지만, 나는 학생인가 그랬을 거야. 그때 사람이 복잡해서 밀고 올라갔어요. 알고 보니까 그걸(표를) 줘야 되는 모양이라요. 그때는 사람이 받았어요. 근데 표를 그냥 가지고 가(와) 버렸어요. 근데 괴나리봇짐 들고 올라오는데, [표를] 달라고 해도 모르고 그냥 올라와 버렸어요. 그러니까 딱 차가 드르륵 서 버려요. '아, 다 왔구나' 해서 내려 버렸어요. 여기가 신설정이 어디요 하니까, 여기 남대문입니다, 그래요. 서울역에서 남대문, 한 번 가서 서면은 다 온 줄 알고, 내리자 하고 내려 버렸어요. 그래 "신설동을 갈라면 몇 정거장 갑니까?" 해서 여기가 신설동이라고 해서 내렸죠. 그 표를 가지고 있었어요. 주지도 않고, 내지도 않고. 그런데 이제 정신 차려 가지고 [보니까, 표를] 달라고 하더라구요. 그래서 줬어요. 가서 [누님집을] 찾는데, 그때는 거스그도 안 났어요.

아스팔트요?

응, 그것도 안 깔고 먼지가 풀풀 나고 하는데, 주소도 아주 애매하고, 틀린 것을 가지고 갔어요. [그런데] 매부하고 매부 동생이 좀 큰소리를 친 모양이라요. 그게 무슨 인격이 있고 그런 것이 아니고, 연극·영화계에서도 큰소리를 치고, 그 당시에 이정재 씨 김사분[31] 씨 이런 사람들하고 이래 어울리고 그랬던 모양이라요.

매부가요?

응. 교육방송에서 [방영한] 「명동백작」에서처럼 그렇지 않았나 하는데, 자세히는 모르겠고, 집을 물으니까 "그분을…" 하면서 이름을 알더라고. 김사분 씨 이런 사람들하고 친히(친하게) 알더라구요. 김사분이면 이정재 꼬붕(부하)이었거든요. 등치가 굉장히 커요. 그 사람은 [다른] 사람이 뭐라고 하면은 사람을 이렇게 들고, 그 당시에는 다 박았습니다. 이렇게 사람을 들고 이런 데[32] 걸어 놔요. 어떻게 힘이 센지 주먹 하나가 두 손 같아. 명동에서 심부름 가면은 그 사람한테 손을 안 댔다고 그래요. 그래서 주소는 모르는데 찾게 되더라고요. 찾았는데 없어요. [누나가]. 누구냐고 물으니까 어머니가 잘 이야기를 했어요. 인사를 하고, 조카 이런 놈들 다 인사를 하고 [나니까, 누나가] 부산에 공연을 갔다고 그래요. 나는 자세한 것은 모르지만 아마 전보를 쳤던 모양이에요. [누나가 올라왔는데] 그 이튿날 아침에 울고 집을 나갔어요.

왜요?

모르겠어. 처음이고 전현(전혀) [나를] 보지도 못했고, 아마 엄마도 수십 년이나 돼서 봤던 모양이라요. 그래 가지고 거기서 내가 상당히 어렸던 모양입니다. 내가 몸이 안 좋고 했을 때 누나가 업어 주고 그랬어요. 엄마가 누나한테 [나를] 맡긴 기라. 애는 네 동생이니까 맡아라. 어머니가 상당히 교육을 할라고(하려고) 굉장히 노력을 많이 해요. 어떻게든 애가 이래 해서 특기가 있으면 그래 해라. 이래 가지고 이런 이야기를 했던 모양이라요. 구경도 하고, 내가 지방에 구경 갔다고 그러면[33] 거기를 찾아가요. 그러면 왜 여기를 왔냐고 꾸중을 하고 그래요. 그래서 돈 좀 타와서 서울에 극장 구경 다니고 [그랬어요]. 나중에 알고 보니까 매부 되는 이, 조카 되는 이한테 많이 미움을 받은 것 같아요. 그래도 어쩔 수 있어요. 누나가 제일 돈을 많이 버는데. 나는 동생이니까 어쩔 수가 없어요. 거기서는 학비도 누나가 전부 댔어요. 조카는 덕수중학교, 경기고등학교 나오고, 서울 상대를 나왔기 때문에 상당히 교육을 [받았어요]. 딴 배우들은 그때 그렇게 교육을 못 시켰어요. 이민자 씨, 최무룡 씨, 강효실 씨, 그 김진규 씨, 누나같이 교육을 못 시킨 걸로 알고 있습니다. 그 당시에. 그 애³⁴⁾도 공부를 할라고(하려고) 그래요. 그 당시에 경기고등학교는 상당히 좋은 걸로 알고 있어요. 서울고보다 경기를 상당히 알아주는 걸로 [압니다]. 내가 그때 조금 커 가지고 학교 다니고 할 때, 집에서 부모들 모셔오라고 하면은 내가 갔어요. [웃음] [내가] 요만했어요. 작았어요. 그래도 싸움을 잘했어요. 몸은 작아도 싸움도 잘하고 잘 붙어요. [조카가] 나하고 접하는 시간이 많았어요.

누님 사진이나 레코드를 가지고 계신가요?

누님의 사진은 수백 장 있었습니다. 각본이 차로 한 차가 됐습니다. 그렇게 많이 연극을, 영화를 했었습니다. 평생을 집안을 이끌어 나가고, 애들 다 경기고등학교, 서울 상대를 나와서, 모 은행의 지점장을 했으니까. 그때 연예인들은 아이들을 그렇게 키우지를 못했습니다. 아들 둘을 길러 냈습니다.

지금 누나의 자료를 가지고 계십니까?

그거는 가지고 있지를 않습니다.

자녀분들이 그거를 가지고 있겠네요?

자녀들, 조카들은 가지고 있겠지요. 근데 날 싫어합니다. 부끄러운 일입니다만, [오래 전 일이에요] 지점장이니까 딱 가거든요. 들어가자마자 인상을 써요. 아니, 뭐하러 왔냐고 해요. 사람이 들어가는데. [그래도] 들어가서 딱 앉아요. 대강 알아요. 삼촌이 뭐하러 왔나 대강 알고 있어요.

한 두어 마디 하고 있다가 주민등록등본하고 신청서하고 내 도장하고 내
놔요. 딱 내놓자마자 꽉 밀어요. '돈 융자 내놔 달라고 하는가 보다'
하고 알아요. 여러 번 실수를 하고 그러니까 그렇지. 딱 밀어 버려요. 아
휴 안 된다고 딱 밀어요. 민다고 그냥 갈 사람이 아니에요. 항렬로써 높
은데 어떻게 할 거예요. 누나 동생인데. 맨 처음에 들어가서는 커피도 안
가져와요. 커피 두 잔만 가져와라. 그러면 일단은 먹어야 될 것 아닙니
까. 더 밀어 댔어요. 안 된다고 그래요. 한 십 분, 이십 분 앉아 있어요. 뭘
두드리니까 오더라구요. 그때 무슨 과장이라고 하더라구요. 외삼촌인데
이 서류하고 주면서 해주라고. 요즘은 그런 게 안 통해도 그때는 됐어요.
그럼 가져가요. 한 달에 얼마씩 찍어야 돼요. 통장을 가져가야 내기 찍을
거 아니에요. 그래서 이걸 가져갈라고 했거든요. 통장을 확 닫아 버려요.
그거를 자기가 찍는다 그 말이에요. 뻔히 아는데, 무슨 돈으로 찍겠어요.
이렇게 일어나면 미안하지. 뒷꽁지가 무섭게 인사고 뭐고 그냥 삼십육
계를 [놔 버렸지]. 그렇게 몇 번을 허허. 한 번 두 번이 아니지. 그러니까
그렇지. 살아 있을 때는 용돈으로 누님을 괴롭히지, 이제는 조카들한테.

지금은 안 그러시잖아요.

지금은 정년퇴직도 했고, 돈 나올 데도 없고. 어디 사는지도 몰라요.
가지도 않고. 외삼촌한테 연락이 안 오는 게 그 사람한테는 큰 거서라.
[웃음] 말씀 도중에 미안합니다만은 우리 누님이 예술에 살다가 예술에
돌아가시고, 사실은 우리 누님이 우리 고향을 버리고, 고향을 칠십 년 만
에 처음 오셨다가, 칠십 년이라고 허면은 이산가족보나 더 합니다. 그렇
게 [고향에] 다녀서 삼 일 만에 서울에 올라오셔서 돌아가셨습니다. 그러
니까 고향이 나쁘게 하더라도 그래도 돌아가실 때가 되니까 고향에 한

번 가 보고 싶은 이런 생각이 드신 모양입니다. 어릴 때부터 그렇게 연극계에 있다가 그렇게 마지막까지 연극계에 있었습니다. 끄트머리에 가서는 옛날부터 임춘앵 씨라고 있었습니다.[35] 임춘앵, 김경애, 김경수, 김진진. 국악 배우로서는 우리나라에서 유명한 분들이죠.

3. 연극에 빠진 학창 시절

어린 시절에 공부는 어떻게 했나요?

일제시대 때는 보통학교를 다니고 그랬어요. 그때 우리나라 사람들 구박을 했다고 봐요. 간단히 말하면 말입니다. 우리가 못나서 그랬습니다. 우리가 남의 나라의 지배를 받고 말입니다. 그랬습니다. 신문에도 보도가 됐는데, 일본에 군병이라고 말이 나오고 그랬습니다. 그때는 일본 군병이랑 악수를 하는 우리 사람들이 있으면 삼 일간을 손을 안 씻었습니다. 일본 헌병이랑 악수한 손인데 어딜 만지냐고 그랬습니다. 그 당시에 일본 사람하고 말 한 마디만 해도 큰 영광이었습니다. 이승만 대통령이 상해 임시정부를 했던 일도 얼마 전에 책으로 봤습니다. 사실 조금 똑똑한 사람들은 일본 사람들하고 조금 친할라고(친하려고) 말이죠. 노력이 많았습니다. 그 당시에 만약에 우리 학교에서 조선말 했거든요. 로카라고 복도 청소를 했습니다. 참 무서웠고, 참 뭐 탓할 것도 없고, 그렇게 아부를 못해서 난리고. 일본 동경제대 나온 사람들이 있었습니다. 일본

구술자가 졸업한 병곡초등학교의 전경이다. 구술자는 6·25가 나던 1950년 3월에 이 학교를 14회로 졸업했다고 한다.

에서 신사참배하면서 얼마나 비실비실했겠어요? 이완용 씨는 매국노라고 하는데, 실은 못나서 못 끼어들었지요. 사실 저는 그런 생각을 하고 있어요. 우리가 못나서 우리말도 안 쓰고, 우리말 하면 청소를 하고 이렇게 한 거죠. 우리가 잘나면 이렇게 할 수가 있겠습니까. 그때는 보통학교[36]를 다녔습니다. 내가 공부한 것은 일본의 『요미카다』[37]라는 책이 있습니다. 이걸 얼른 읽으라고 하니까 가슴이 두근두근 뛰었습니다. 지금도 생각이 납니다. 그런 책 내용들, 음악들이 생각이 납니다. 그래도 모두 다는 기억을 못하지만은 일본 사람들이 하는 말 웬만한 것들은 다 알아듣습니다. 제가 보통학교 졸업하고 큰 학교는 제가 가지를 못했습니다. 그 당시부터 가부키, 엔카, 이런 것들을 많이 따라 불렀습니다. 그 당시 레코드도 참 구하기 힘들었습니다. 그것을 구해 가지고 몇 번을 따라 부르고 말이죠. 그때부터 잘하지는 못했지만 음악을 좋아했습니다. 소학교 다닐 때에도 내가 연극을 했어요. 쓰가꼬 헤이고꾸. 헤이 자는 '병'자를 말하고 고꾸는 '곡' 자. 그때가 삼년제인가, 육년제는 못 됐어요.[38] 내가 늦게 들어갔어요. 한학 마치느라고 조금 늦게 들어갔습니다.

그때부터 연극을 하셨다구요?

하믄요. 그때부터 공부도 안 하고. [맨 처음 연극에 관심을 갖게 된 계기는 나이는 정확히 모르겠지만, 누나가 그 계통에 있다고 한 것을 듣고는 어릴 때부터 그런 것을, 우리 어릴 때부터 그런 것을 좋아하게 됐어요. 사는 데 지장이 없고, 논 있고 밭 있고 그러니까. 식구가 열몇 식구였습니다. 그러니까 맨 노래밖에 없었어요. 조카들도 많고 그러니까 맨 노래에요. 형님도 말할 것도 없고. 누나는 그런 곳에 있었고. 그래서 일찍이 좀 소질이 있었달까 그런 뭔가가 있었어. 조카들도 노래를 참 잘하고, 형님도 잘하고. 자연히 따라가지요. 그런데 아버님하고는 전혀 [안 통했어요]. 막, 소리 나다가도 딱 나타났다 하면은 그냥 막….

기생이나 판소리하는 분들 불러서 노래도 듣고 그랬나요?

그런 것은 우리 집에서는 전혀 못해요. 친구들 데려와서 노래하고 그래도 부모님 계시면은 못합니다. 딴 데로 가야지. 그런 것은 내가 [할 수가 없었어요]. 판소리하고 그런 것은, 판소리하는 사람들 불러올 사람도 없고, 지도할 사람도 없고 [그랬어요]. 그런 것을 할라믄 우리들이 질[길]을 내야 하고 [했지요]. 우리 누님이 다른 것이, 그때부터 축음기를 구해 가지고, 숫돌로 갈고 [그랬어요]. 우리도 웬만큼 갈았습니다. 그거 들으라고 숫돌로 마 갈고. 그거 안 갈면은 안 들려준대요. 이걸 갈아서, 힘이 부족하지만 이걸 맨날 돌리고 있어. 원래가 취미를 가지고 있는 거라.[39]

그래서 소학교 때부터 연극을 했나요?

하믄요. 그때부터 그때 선배들이 서두르는 사람들이 있어요. 아까 말한 그분들이라요. 지금 뭐, 모 방송국의 연출가의 아버님이고, 참 이름도. 이만수. 만수 그 지 아버지라요. 한참 됐습니다. 연출을 여러 해 동안 했어요. 이희생이라고 우리 동기입니다. 그분은 일본에 먼저 가 가지고, 그렇게 찾으려고 했는데, 못 찾고 그냥 왔습니다.[40] 머리가 대단한 분입니다. 그런 연출가가 있었으면은 우리나라 방송국이 참 대단할 겁니다. 그런 분은 일본으로 그냥, 자기 아버지가 일본에 있어 가지고 그냥 가고 그랬어요. 아버지가 일본에 있고 그랬는데, 그 여동생이 있었는데 그 여동생 몰라고 가고 그랬어요. [그때 기억에 남는 작품은] 「검사와 여선생」[41] 「홍도야 우지마라」 [같은 겁니다]. 그게 영화가 나왔어요. 「검사와 여선생」이라는.

어려서 못 보지 않았나요?

아니, 아무튼 어떻게 해서라도, 부산에서라도 가서, 좋은 영화를 하고 그러면 보러 갔어. 아주 어렸을 때에는 쌀이~ 겨울에는 쌀이 있었다고. 그걸 퍼 가지고 팔아서 그걸 보러 가고, 들켜 가지고 형님한테 한 대 맞고. 두 놈[42]이서 그랬어요. 그놈하고. "너는 왜 임마! 쌀 퍼 가지고 갔냐" 고 그러믄, 나는 안 퍼 갔다고, 쌀자루만 잡고 있었다고 그랬어요. 하도 그놈 맹랑하고 그래서, 모 방송국에서 「티브이는 사랑을 싣고」라는 프로그램에서, 아휴 나는 자격도 없고 그러는데, 어디 잘 아는 분이나 사랑하는 분이 없냐고 그러기에 나는 없다고 [그러다가] 나는 옛날 연극하고 그럴 때, 그놈이 생각이 난다고 그랬더니 [그놈을 찾아보겠다고 그래요]. 그놈을 찾아갔다고 얘기를 들었어요. 근데 방송은 못 됐어요.

왜 방송이 못 됐는데요?

모르겠어요. 기획이 잘 안 맞았는지. 그때 그 유명한 사람들만 하는 건데 거리의 악사가 뭐 볼 게 있다고. 그놈입니다. 쌀자루 잡은 놈이 그놈이라요. 어허허.

주로 언제 연극을 하나요?

방학 때 일 년에 두 번의 기회가 언제든지 있는 기라요. 여름, 겨울.

이거 말고 다른 작품이 기억나는 게 있으신가요?

여러 개라요, 수십 개. 뭐, 「울지 마라 두 남매」 「어머니를 찾아서」 [등등].

「어머니를 찾아서」는 어떤 내용인가요?

뭐, 내용이 독립운동을 하다가 어머니를 찾아서 가, 상해로. 아버지가 상해로 독립운동을 하러 갔어요. 그러다가 어머니가 아버지를 찾으러 상해로 갔어요. 근데 그동안에 아들이 컸어요. 아들 이름이 '상철'이라요. 그때 내가 상철이 역할을 하는데, 부모를 찾아야 돼서, 아버지를 찾고, 어머니를 찾아야 돼서. 한국에서 깡패 열 명하고 갔어요. 그러다가 상해 뒷골목에서 쌈(싸움)이 났어요. 싸우는데, 저쪽 졸개하고 우리 졸개가 싸워 가지고 거의 죽었어요. 다 케이오 돼 가지고 딱 만났어요. 마지막에 그래서 딱 둘이 붙었어요. 이쪽 깡패하고, 저쪽 깡패하고, (두 손을 깍지를 끼고) 이라고(이렇게) 붙었어요. 아이, 안경을 딱 썼어요. 상대방이 어떻게 보면 여자인 것 같고, 어떻게 보면 남자도 같고. 그래 인자, "네가 누구냐?" 그러면, "나는 어머니를 찾으러 온 상철이다" 그래요. 그러니까 "잔소리를 말아라, 상철이는 내 고향 한국에 두고 온 내 아들이 상철이다. 내 아들 이름을 함부로 부르냐?" 고 그럽니다. "넌 누구냐?" 그러면은 나는 누구누구를 찾아온, 예를 들면 "백련화다" 그러면 "잔소리 마라. 백련화는 우리 엄마 이름이다" 그래 가지고 먼저 쏘라고 하는 기야. 저쪽에서 쐈는데, 팔에 딱 맞았어요. 나도 불을 뿜었는데, 정통으로 딱 맞았어요. 그래서 이래 벗겨 보는데, 여자라요. 보니까 내가 달고 있던 목걸이하고, 그 여자가 달고 있던 목걸이하고 똑같아요. 상하이로 건너갈 때 똑같은 것을 하고 걸어 주고 하고 해서. 그렇게 안고 한국으로 돌아오는 그런 장면인데, 어떻게 하면 재미있고…. 그때[연극도 지금이나] 똑같애. 그때도 총이 있어 가지고 뒤에서 판자로 치는 놈이 잘 쳐야 돼요. 그때는 총불이 없어 가지고, 이렇게 했어요. 입에 석유를 먹어

가지고, (성냥불을 켜는 시늉을 하며) 성냥불을 요래 해 가지고, 이 정도면 딱 됩니다. 삼십 센치. 저기까지 불이 팍 나갑니다. 나중에 입만 씻어버리면 되는 건데. 그런데 싸인이 안 맞아 가지고, 총은 나갔는데 불은 안 터지고 [그런 적도 있어요]. 별 것을 다 했습니다. 그때는 영화의 흉내를 그렇게 낼 것 같으면은 주위에 있는 여자분들한테 상당히 그 인기를 얻었습니다. 존경을 받는 것이 아니고 인기가 있었어요. 뭐에 나오는 사람이다. 뭐, 그래 가지고.

어르신도 그때 인기가 있으셨나요?

그랬습니다. 그때는 내가 주동을 했기 때문에. 내가 꼭 주연급을 내가 거시기 해 가지고. 서둔 놈이 거서기라고. 서둔 거 보면은 다 알아요. 뭐, 거서기라는 것을 알아요. 주연으로 나올 것을. 그때 그런 계통의 일을 다 다니 보니까. [연기할 때는] 그때는 시골이고 했으니까, 목침이 날아가고 했어요. 주연급은 한참 연습을 하고 있는데, 조연급은, 참, 장난치고 그러면은 목침이 날아오고. 그러면 안 한다고 그러고, 그러면 안 해도 좋다 하다가도, 다시 데리러 오고. 그 당시에는 우리는 여자 역을 갖다가 직접 구하지를 못했습니다. 동참하지를 않고 해서. 그래서 우리가 다 했어요. 애기 같은 것을 거시기 하면은 베개를 넣어 가지고 나가고 그랬어요. 수건을 다 쓰고, 여자들 화장을 전부 다 하고, 그렇게 나갔어요. 그래서 밖에 서 있다가 연출가가, '네 차례가 뭐야?' 그랬는데, 베개가 없어졌어요. 뒤에서 장난치고 놀고 그러다가. 누가 보따리를 싸 놓은 게 있더라구요. 그래서 (배를 가리키며) 여기다 싹 넣고 들어갔어요. 그런데 그 다음 사람이, 조금 있다가 들어올 사람이 어떤 사람인고 하니, 그 보따리에 들어 있는 옷을 입고 나와야 돼요. [웃음] 그러니까 뒤에서 나와라고(나오라고) 말이지, 옷 보퉁이를 가지고 이렇게 나왔으니, 그 사람은 막 들어오라고 하지 않겠습니까. 그래 인자 허허, 연극을 하다가 잠깐 기다리라고 화장실 좀 갔다 온다고, 그래서 그거는 주고 다른 것을 가지고 나왔어요. 그래서 조금 있다 보니까 뒤에서 누가 나한테 들어가라고 그래요. 들어가라고 해서 무조건 들어가 버렸어요. 그랬더니 우리 선배가 되는 모양인데 연세대학 나온 분이에요. 그분이 내 차례가 아니다. 어서 들어가라. 그래요. 아이고, 그래서 그만 관중이 하는 소리가 뭔지 들리겠어요. 내 차례 아니다, 어서 들어가라. 하니, 방법이 없어서 들어가고. 상당히 그 재미도 있었고, 어려움도 있었고, 그렇게 싸우고, 뭘 하다가, 끝나고 나서 억수로(매우 많이) 서로 울고, 웃고, 다시는 안 한다 그래도 또 들어오면 또 해요. 그렇게 서두르는 사람이 누군고 하니, 내가 두목입니다. 그렇게 또 들어오면 깔짝깔짝해요.

연극하다 들켜서 생긴 에피소드 같은 것은 없나요?
들킨 것은 뭐. 전혀 들키지를 않도록 완전무결하게 [하지].

동네에 소문이 났을 거 아닙니까?
소문이 났어요. 우리 아버님이 그런 것을 알라고 하지를 않으십니다. 추접하게 어디 가서 우리 아들이 이러고저러고 그렇게 얘기할 분이 아니에요. 한문을 주위에서 모르는 게 있고 그러면은 꼭 우리 아버님께 와서 묻고 그랬습니다. 우리 부모님이 노래를 하신다거나 그런 것을 한 번도 본 적이 없습니다. 웬만해서는 얘기도 하지를 않고 [하지만 아버님이 그런 걸 안다면] 집에 딱 들어서면 도망을 가야 합니다. 아버님이 그러라는 말도 안 했습니다.

소학교 졸업하시고는 무얼 했나요?

좀 떨어진 곳에서 공부를 좀 했고. 그때는 타도에서 학교를 다녔어요. 거서기, 학교는 전라북도에 보면 남원이라고 있습니다. 어떻게 그쪽으로 내가 학교를 다니게 되고.

어떤 학교를 다니게 된 거예요?

마, 고등학교라. 그때는 그 고등학교 하나밖에 없었어요. 좋은 학교도 아니고. 아마 그 이후로는 서울로. 군대를 거시기 하고는 바로 [서울로 올라갔어요].

학교는 어떻게 전북으로 가시게 됐어요?

거기에 내 인척이 있어 가지고 [남원에서] 학교를 다녔습니다. 거기 외가로. 거기 그때 좀 자리가 좋은 데 있어 가지고. 그때 뭐 에이치아이디[43]라고 있었어요. 군부대하고 좀 다릅니다. 에이치아이디는 이북에도 다녀오고 그랬다고 합디다. 근데 나는 잘 모르고. 거기는 거스그 해 가지고 잘 통해요. 행정기관하고 거기는 잘 통합니다. "이렇게 해주시오. 저렇게 해주시오" [하면 통하는] 뭐가 있는 모양이라. 학교 교감이나 교장선생님하고 "한 잔 합시다" 이러면은 갈 그런 처지라. 그래서 내가 그냥 편안하게 잘 지냈습니다.

그럼 남원에는 언제 가신 거지요?

나이가 그때 한, 일반 사람들하고, 요즘 사람들하고[보다는 아마 나중일 거예요.[44] 중학교 때는 거스그[함양]에서 [다니고], 남원 거 쪼끄만한 거, [남원]고등학교라고. 학교는 [졸업하고는] 한 번도 안 찾아가 봤고. 그래서 매일 골치뭉치고 그래서 [웃음] 그때는 시험 봐서 가는데, 아마 실력이 안 됐을 거요. [웃음] 불러서 봐 주고 그랬을 거요.

그래서 인척 도움을 받아서 가신 거예요?
음, [웃음]

학교 다닐 때에는 말썽 많이 피우셨어요?
아니, 학교도 영 나가지 않고, 졸업사진도 단체로는 찍었는데, 각 반 하는 거는 못 찍었어요. 그동안에 내려가서 까불고 다녔는지 못 찍었어요.

학창 시절에 어떠셨어요?
학교로는 좀 도가 다르기 때문에[45] 많이 틀립니다.[46] 서로가 좀. 내기 놀림도 받고. 근데 그쪽에서는 기스그를 질해요. 호님 폭에서는 축구를 잘했는데, 배구 같은 거 할 때는 잘 못하고. 모(남원)고등학교 때는 권투하는 친구하고, 그 친구들하고 있었기 때문에 나는 그래도 얌전한데, 그런데 같이 지내게 됐어요. 하숙도 같이하고, 자취도 하고, 그만 방학 때는 그 집에 가서 지내고. 친하게 지냈어요. 그 친구 지금 물어보니까, 서울경찰대학 체육과장을 하다가 종로경찰서 과장을 하다가, 저기 어디 경찰서장을 하다가 제대를 했다고 하는데. 지금 어데 있는가도 모르겠어요. 이놈의 세끼들 참, 그놈의 새끼들 참 다룹디다. 당수에 내해서, 내가 보더라도 잘해요. 보통이 아니라 응? 같은 거스그라도 그놈 덕을 많이 봤습니다. 어디서 싸우더라도 가(그 애)한테 일러 줘요. 그러면 가가 가서 해결해 줘요. 어디 가서 그냥 쥐어 차 버리고, 말두 못해요. 어디 해결하지 못한 거 가 가지고, 음식 같은 거 외상값두 안 내고 하면은, 안 내면 어떠냐고 그냥 쥐어 차 버리고. 따라오면 죽는다고 그라고. 상당히 쎄게 노니까 큰일도 하구요.

그럼 뭐 특별히 다른 것은 안 하시구요?

음. 그런 것은, 그놈이 그때부터 권투, 당수….

아니, 어르신은요?

나는 그때 뭐 특별한 게 없어. 그때는 무슨 학교에서 대회를 하고, 내가 피리를 불고 그랬을 거요. 그때는 옆으로 부는 거. 요꼬 후에[47]라고 했어요. 그때는 섹스폰(색소폰) 이런 것이 구하기가 힘들고 해서. [남원고등학교를] 졸업하고 나서는 조금 내가 많이 돌아다녔을 때에요. 아무 거스그 없고, 아무 극장 구경이나 다니고, 매일.

졸업하자마자, 서울로 가셨어요?

응. 내 조카들 학부형 오라고 하면 내가 나가고 그랬어. [웃음] 어디 가서 일하라고 해도 하지도 못하고. 뭐 특별한 기술도 없고, 영화나 보고 연극이나 보고. 참, 그래서 나는 참, 내가 부잣집 아들로 태어났지만, 내 자신의 논과 밭과 산이 어린 나이에 있었습니다. 몇 살 때 있었는고 하니 제가 세 살 때 있었습니다. 산도 있었고, 집도 있었고, 제가 세 살 때. 제가 그것을 다 팔고, 일부는 이승만 대통령 때 토지개혁 같은 것 있을 때, 그때 다 그냥 소작인한테 넘어갔어요. 그래서 서울로 떠나왔기 때문에, 고향에 간 지 몇십 년이 넘으니까, 논 팔고 밭 팔고 그랬는데, 논 팔아먹고 밭 팔아먹고 집 팔아먹은 놈[48]이 어떻게 왔냐 그러면은 제가 뭘 하겠습니까. 나도 죽을 때가 돼서 내려갈는지. 그런 불효를 어떻게 할지 모르겠습니다. [그래서] 나는 고향 안 간 지가 한 사십 년 넘어 됐습니다. 들어가 보지도 못해요. 내가 논 다 팔았지, 집 다 팔았지, 이래 가지고 서울로 와 버렸으니 내가 어떻게 부모님 산소를 찾아가 뵙겠습니까. 이제는 갈 수가

없어요. 저 논 팔아먹은 놈 왔다고 안 그러겠어요? [웃음]

논 팔던 이야기를 해주실 수 있나요?

그것을 내가 딱 팔아 가지고 서울로 도망을 왔어요. 내 것이기 때문에. 형님은 거절을 했습니다만, 그때는 어떻게 이전이 돼 가지고 있어서. 내 걸 내가 파는데 왜 형님이 난리냐고 그때 그랬어. 그래도 부모, 형제들은 말리거든요. 어떻게 도리칠(말아먹을) 줄 알고 그러냐고.

아니 그 상황에 논을 팔려는 이유가 있으셨을 것 아닙니까?

그러니까, 그걸 가지고 서울로 올라고. 농사를 짓고 그래야 되는데, 내 딴에는 서울에 와서 성공을 하겠다고 그랬죠. 우리 형만 그러신 게 아니고, 형수님도 좋아하실 리가 없습니다. 참 그런 불효가 없어요. 부모님도 다 돌아가셨지만은 얼마나 죄스럽고 그랬습니다. 그 당시에 막 달라들고 그랬으니. 참, 형님한테 달라들고(달려들고) 그랬어요. 그때가 나이가 완전히 컸을 때도 아니에요. 고향에를 도저히 가지를 못하겠습니다. 그때부터 지금까지 이렇게 떠돌이 생활이라요. 시골 땅 열 마지기를 팔아도 얼마나 되겠어요. 그거를 가지고 뭐 사업을 한 것도 아니고, 그것도 안 하고 노래 부르고 뭐를 하고 그래서 다 거시기 하고, 그때부터 딴따라로 이렇게 다녔어요. 거의 그 생활이라. 거의.

땅 팔고 집 팔아서 뭐하실 생각이 아니셨어요?

내가 그, 그런 거스그를 해서 땋하고 이런 것을 웅상거려 가지고 질러 가겠어요?[49] 그냥 졸라 가지고 세레(들입다) 팔아 가지고 서울로 그냥 튀어 버렸어요. 사업이 되겠어요? 내가 무슨 경험이 있어요?

처음에는 뭘 하려고 하셨을 거 아니에요?

하믄. 처음에는 뭐 여러가지를 할라 했지. 그런데 안 돼요. 이런 장사도 하고, 요즘 말하면 구멍가게도 하고. 또 큰돈이 못 돼요. 큰돈이 못돼. 그러다가 군대를 끝마치고. 게다가 군대를 기피했어요. 몰랐지 뭐. 군대 나왔는지도. 군대 오믄 온 거지 해서. 그렇게 삘삘 놀러 다닐 거면 군대 가라 해요. 뭐, 안 간다고. 그래도 암만 해도 안 되겠어요. 그래서 자진해 가지고 군대를 갔다 왔지. 그때는 이런 거라. 국방경비대나 이런 데는 못 갔어요. 일반적인 거스그로서 군대를 자원해서 가게 됐는데. 내가 상당히 늦게 갔어요. 기피를 하다 보니까. 일군사령부, 원주에 [있는].

서울에 그럼 언제쯤 올라오신 건가요?

육이오사변 전이고, 해방 전에도 왔었고, 누님이 여기 살았기 때문에. 이후에도 왔었고. 사변 전부터 여기 계속해서 와 있었어요.[50] 여기 옛날에는 화신백화점밖에 없었습니다.

처음 올라오셔 가지고 어디 계셨어요?

누님집이지 뭐. 신설정이라고 했습니다. 지금으로 말하면 신설동이죠. 그때 내가 애도 많이 먹이고, 밖에 가서 돈 다 쓰고 또 달라 카고(달라고 하고), 다 쓰고 또 달라 카고. 누님은 아들들을 극장에 다 데리고 다니면서 공부를 시켰습니다. 거기서 내가 커 났어요. 그래서 누님집에 붙어서 먹고 자고 [했어요]. 자형보다 누님이 더 잘 벌었어요. 더 큰소리치고. 그래서 처남이 와서 큰소리치고 그러는데 뭐라고 그러겠어요. 그냥 놔버리지. [그때] 내가 누나의 사정을 잘 알기에 '시간만 되면 꼭 따라가야 되겠다. 안 그러면 극단에라도 따라다니고, 방송국에 가서 청소를 하더라도' [하는 생각을 했습니다]. 이런 생각이 있기 때문에 그때부터 노래를 좋아하고, 듣기를 좋아했어요. 이거는 나한테 맞는 거스그다. 내가 노래를 할 수 있고, 좋아하는 노래가 한 서너 곡밖에 안 됩니다.[51] 그러다 보니까 [누나한테 그런 것을 배우고 싶었어요]. 누나가 시골에 공연을 하고 돌아오면 이제는 서울에서 해야 돼요. [그럴 때면] 나한테 이야기를 합니다. 이 대사를 나를 보고 읽으래요. 나도 조금 커서는 누나 거스그를 듣고 막 하고. 각본이 얼마나 많은지 몰라. 조그마한 창고에 하나라요. 그 당시에 얼마나 연극하고 영화를 많이 했든지. 읽어 보라고 해서 읽으면 대답을 해요. 나도 그때 뭔가가 있기 때문에 읽어 주는 폼도 배웠다구요. [웃음] 나중에는 친구가 됐어요. "아유, 친구 오늘도 좀 수고를 해줘야 되겠네" [그래요]. 누나도 상대방을 굉장히 존중을 해요. [내 조카가] 대학 다니고 거스그 할 때는 "정선생, 신수가 별로 안 좋네" [그래요]. [웃음]

아들한테요?

응. 그래서 누나하고 친하게 됐어요. 극장 구경을 가야 되는데 [돈이 없어요]. 그러면 핸드백을 열면은 [돈이 있어. 그걸] 가지고 가서, 그냥 도망가서 영화[를 봤어요]. '누니 히는 것은 한 것[52]'을 수십 번을 봐요. [그리고] 그냥 가면 되는데 [친구들을] 데리고 가요. 불러내 가지고 하하. 얼마나 귀찮고, 암만 배우라도 그때 들어가기가 쑥스러워요. '내 동생인데 좀 거스그를 해주세요' 그러면, "예 알겠습니다" [해요]. 기도[53]들도.

누님집에 오셔서 주로 하신 일들은?

그냥 놀러 다닙니다. 극장 구경을 두 번, 세 번, 네 번 보고. 오지 말라고 해도 가요.

어떤 극장을?

그 당시에는 '시공관'을 많이 갔죠. 초대 극장으로서는 '시공관'이 제일 먼저입니다. 유명해요. 지금 동양투자증권인가 그 자리가 시공관입니다. 그리고 딴 데 극장에서 하면 거기를 가요. 또 부산에서 한다 그러면 또 거길 가요. [영화를] 따라서.

그때 보셨던 영화는 어떤 게 있었나요?

누나가 주로 국악을 많이 했어요. 「선화공주」라든가…. 초창기에 국악계에서 원로입니다. 임춘앵 씨하고 단짝이지만은 지금 남아 있는 분들이 김경애, 김진수, 김진진 씨만 그렇게 남아 있습니다. 국악무대 할 수 있는 분. 누님이 그분들보다 나이가 많습니다. 그때 [내가] 코치도 하고 그랬습니다. 연구를 좀 많이 했어요. 어디 가서 조그마한 데 심부름하다가 도망 와 버리고, 그렇게 일을 하지를 않았습니다. 누나 협조도 참 많이 했어요. 제가 대역을 많이 했습니다. [누님이] 초창기에 텔레비(텔레비전)도 많이 나왔어요. 쓰러져서 누워서 대사를 읽으면은 내가 남의 대사를 읽어 주고, 대사도 외우고…. [누님이] '이 친구' 그랬습니다. 내가 동생이어도. "이 친구, 이것 좀 도와주지" 그럼 내가 가서 대본을 해 주고(읽어 주고) 이렇게 했어요. 누나는 그렇게 하다 보니까 대인관계가 원만했어요. 그 당시에 이상만 씨라고 연출가가 계셨습니다. 남산 케이비에스 앞에 나와서 풀빵 먹고 [그랬어요]. 고생을 많이 했습니다. 그 당시에도 일본시대는 말할 것도 없고 그 이후에도 내가 볼 때에는 [누님이] 상당히 멋쟁이입니다. 그 당시에 힐을 [신고] 말이죠. 가방도 일본이나 미국에서 유명한 것을 가지고 다니고 그랬습니다. 상당히 돈도 많고 이랬었는데, 참 대단했었어요. 끼가 있어서 그런 모양이에요.

누나네 집에 정착해서 살던 때가 언제인가요?

정착이라는 것은 없었어요. 왜냐면 어렵고, 학비에 집도 좀 늘려야 되고. 나도 어디 조그마한 경양식이나 식기나, 그릇을 닦고 그랬어요. 나도 이래서는 안 된다고 생각했어요. 그리고 그런 데 가면은 음악을 더 들을 수가 있어요. 나는 중노동을 못해요. 내가 거스그이기 때문에, 남한테는 잘 이야기를 못하지만, 장애인이기 때문에. 내가 아마 중노동을 했으면 돈을 더 많이 벌었을 거예요. 그런 데 가서 일하다가, 경양식에 가서 보이로 일을 하고, 그러다 안 되면 집으로 기요. 누나한데. 그러면 좀 있으면 별로 재미도 없고 그래요. 무슨 재미가 있겠어요. 창경원에 갔다 오고 그러면 재미가 있어요. 그렇게 다니다 시골에 소문이 난 기라(난 거야). '거스그는 서울에 가서 [여기저기] 잘 쫓아다니고 극장 구경하고 다닌다' [하고 말이야]. [그러니까] 또 시골에서 올라왔어. 우리 조카가 올라왔어요. 나도 여기 와서 기대고 있는 것이 영 거스그 하고 그런데, 또 사촌이 그렇게 올라왔어요. 누나가 예술계에 있다는 소리를 듣고. 그때는 음! 하고 소리만 내도 다 고만(그만)[54] 그런 데 가고 싶고 하니까. 자기의 능력 같은 거는 도저히 생각도 못하고 그랬거든요. 나도 그랬고. 그래 가지고 여자, 남자가 한~ 수십 명이 올라온 것으로 알고 있습니다. 처음에는 이런 집[55] 같은 데도 근무를 하고, 이발소에도 근무를 하고, 여러 군데서 근무를 하다가 그 사람들이 모두 서울에 정착을 했습니다. 그때는 그 사람들이 서울에 올라올 거스그가 못 됐습니다. 우리 집에 [사촌] 형님도 서울로 [올라왔는데], [그] 아버님이 먼저 서울로 올라오셨어요. 서울법

대를 나왔고, 그 밑에는 서울공대를 나오고, 그 건국대학을 나오고 그랬어요. 그래도 한 집에 서울대학생이 둘인데, 그때는 한집에 붙어 있고 그랬는데, 거의 한집인데 교육열이 상당히 높았어요. 서울대학생이 여럿이고, 어떻게 해서든지 고등학교는 다 나왔습니다. 그때는 고등학교 안 나온 사람들도 [많이] 있어요. [그래서] 내가 서울에 꼭 살아야 되겠다 그런 것이 백혔어요(박혔어요). 일은 못하겠더라구요. 도저히 되지를 않고. 그때는 누나도 어디를 딱 붙어서, 예술계에 붙어 있었다면, 어떻게 할 수도 있었어요. "우리 동생 좀 붙여 주시오" 그러면 그때 대개 될 것 같아요. 그런데 그럴 여유가 없어. 시간도 없고. 술이라도 한 잔 먹고 그래야 되는데, 술 먹고 그러면 [안 됐어요]. 집에 가정에 돕는 데 그런 데 [돈을] 써야 돼요. 그때 혼자 벌었기 때문에, 큰 거스그도 없고 노는 것이기 때문에. 하여튼 그때 정신이 지금하고 내 생애 변동된 생각, 그런 것이 별로 안 변한 것 같아요. (색소폰을 가리키며) 사실 그 어디를 가든 이걸 가지고 다녀요. 어제도 여기 지나가면서 길 한복판에서 불라고 그래서 그냥 불고 그랬어요. 그때 생각하고 거의 비슷해요. 직장을 가지고 뭐를 하라고 하면은 못해요.

4. 전쟁과 군대 시절

전쟁 때는 어떻게 사셨어요?

전쟁은 한마디로 말해서 비참해요. 나는 정당에 가입이 되어 가지고 있는 사람이 아니지만은, 요즘 국보법에 대해서 굉장히 많이 말하고 있는데, 지금 노대통령이 오십팔 세입니다. 그러면 그 당시에 다섯 살 때 거시기 됐어요. 그렇기 때문에 육이오사변이 뭔지를 잘 모릅니다. 난 직접 겪은 사람입니다. 그때 내가 완전히 부자여 가지고 금반지가 하나 있었는데, 보리쌀 한 되를 사지를 못했단 말입니다. 먹을 것이 없어요. 그리고 그 사람들이 육이오사변 때 와 가지고 [대단했어요]. 만약에 남북이 통일이 돼 가지고 그쪽에서 주도권을 잡으면 조그마한 동장 하나도 못해 먹습니다. 그것은 내가 겪었기 때문에. 하여튼 그때는 동서기, 면의 뭐, 뭐 해도 인민재판을 해 가지고 다 총살을 시키고 거의 매장시켜 버렸습니다. 그 당시에. 그렇기 때문에 다 그걸 누가 고발을 했냐면은 우리 스스로가 해요. "여러분, 이 사람이 뭘 했습니까?" 하고 물으면 우리는 잘 보일라고 "저 사람은 뭐뭐 했던 사람이야" (하면) "그럼 나와" 해서 도망을 못 가면 총살을 당하고 매장을 당했습니다. 굉장히 두서없이 말하고 있지만, 사람이 죽어도 그 어디에다 둘 데도 없어요. 그냥 우물에다 집어넣어 버렸어요. 물 안 나오지, 전기 안 들어오지, 사람들이 어떻게 살 수가 있겠습니까. 쌀 없지요, 뭐가 있어요. 인민군들 따발총밖에 없지요. 쏘아 버리면 진짜 가지. 전쟁이라는 것이 간단히 말하면 없어야 돼요. 전쟁이라는 것이 비참해. 내가 전쟁에서 느낀 것은 사실은 한강다리가 끊어지고, 이승만 대통령이 맥아더 장군한테 이야기를 했어요. "도저히 나는 이것을 할 수가 없다" 고 그 당시에 소문이 우리한테 그렇게 돌았어요. 그때 맥아더한테 우리 국방 모든 것을 위임을 했어요. 그래서 얼마 전까지 그런 것을 미국이 가지고 있어요. 그때 미국이 없었으면 통일이 됐습니다. 당연한 거예요. 인천상륙작전을 군산에서 할라고 했었는데, 변경을 해 가지고…. 그 당시에 나온 말들입니다. 근데 변경을 해 가지고, 그게 인천상륙작전이 없고 했으면 사실 우리가 적화통일이 됐을 거예요. 또 기회가 하나 있어요. 인천상륙작전을 해 가지고 수복을 해 가지고 저기 백두산까지 갔습니다. 또 통일이 되게 됐습니다. 통일이 다 됐어요. 점령을 다 했어요. 그런데 중공군이 있는 바람에, 사실 중공군만 없었으면 우리가 통일이 됐을 거예요. 요즘 학생들이 하는 이야기가 전혀 근거 없는 이야기는 아니라요. 미국 때문에 우리가 통일이 안 됐다. 이렇게 하는데, 육이오사변 때, 미군 철수하고 나서 얼마 안 돼서 육이오사변이 일어났다고. 그래서 나는 한마디로 비참해요. 그렇게 돈을 가지고도 음식을 못 사요. 쌀, 보리 이런 것을 구입할 수가 없어요. 그거는 안 해본 사람들은 몰라요. 고생하고 이런 것은.

처음에 전쟁 났을 때 어디에 있었고, 어떤 이야기를 들었는지 이야기해 주세요.

[피난 개] 있으면서도 누나한테 피해를 끼쳤어요. 피난을 가 가지고, 용인으로 피난을 갔어요. 서울이나 용인이나 똑같은데, 피난을 가서 얼마나 고생을 했는지 몰라요.

처음에 전쟁 소식을 누구한테 어떻게 들었고 그런 이야기들?

서울에 신설동에 있는 사람이 있어요. 이북에서 인민군이 내려왔다 이래요. 무슨 소리를 하는 거냐 내가 그랬어요. 뭐, 삼 일 만에 서울이 거서기 했는데, 저 미아리 쪽 이쪽에서 막 뭐, 들어 보니까 한강다리가 끊어졌다고 하고, 그 당시에 막, 그때는요, 보통 똑똑한 사람이 아니면 뗏목도 탈 수가 없었어요. 뭐 간다고 해도 있어야지. 그래도 친척이 있었기 때문에 간다고, 그래도 시골이라고. 그리 간 기라. 차가 있어요, 뭐가 있어요. 그냥 갑니다. 먹을 것 좀 가져가지만 중간에 가다가 다 떨어지고, 그래도 인심이 남아서 시골로 가면은 그래도 밥 얻어먹을 수도 있고 그렇게 해서 거기 용인에 가서 피난 생활을 했습니다. 고생을 하고 나서 구일팔수복[56]을 해서 서울에 들어와도 된다고 이래요. 그래서 와 보니까 다 불나버렸어요. 집이고 뭐고, 아무것도 없고, 물도 못 먹고, 샘도 없어요. 그래서 터가 있으니까, 천막 비슷한 걸 해 가지고 그렇게 하는 기라. 일부 타는(불에 탄) 것도 있고, 또 없기도 하고. 그래서 거기서 나와서 그렇게 살라고 하니 얼마나 거서기 하겠어? 있는 사람도 고생을 하고 없는 사람도 고생을 했어요. 주위의 아는 사람들은 인민군 노래 안 배운 사람들 없어요. 여자들이 가르쳐, 노래는. 그 사람들이랑 못 친해 가지고 웬만했지.

그런 사람들 많았어요?

암, 많았지. 노래 부르면 막 따라 하고. 아이고 참 나, 이렇게 사람 하나 딱 세워 가지고 이 사람은 했소? 안 했소? 이러면 한 일이 없다고 해도 누군가가 얘기해. 그 사람 뭘 해 먹었냐고. 그러면 총살낭하거나 그래. 참, 몰라서 그렇지요. 똑똑한 사람들, 머리 좀 있는 사람들은 다 죽였어요.

여기서 용인까지 가실 때 어떻게 가셨어요?

전부 걸어갔어요. 다리가 아파서, 길도 제대로 모르고, 어디로 갈지 모르니까. 누님 식구들하고. 학교도 없고 뭐도 없지. 그때 피난이라는 말이 나왔어. 오래 있으면 그렇게 또 좋아하질 않아요. 그래서 서울에 올라와서 다 갚았어요. 잊어버릴 수 있나요?

용인의 친척이 어떤 친척이었는데요?
집안이지. 뭐 그렇게 먼 친척은 아니고. [몇 촌인지는] 몰라요, 나는. 누님이 알지, 그런 촌수 몰라요.

그러면 자형네 친척인가요?
그럼, 자형네지. 조금 감투 쓴 사람들 있죠. 다 부산에 갔어요. 안 갔으면 다 죽었어요.

도착했을 때, 용인 식구들의 반응은 어땠습니까?
처음에는 참 반가워했어요. 오래 있다 보니까 영 좋아하질 않죠. [그집은] 글쎄, 집은 한옥이야. 영 시골이라 잊어버렸어요. 아래채, 위채, 옆채 그래 가지고 있는데, 시골서는 그래도 그렇게 살았어요. 그래서 우리가 살았어. 그 당시에 여름에 오니까 밖에서 자도 되고, 그렇게 고생을 하다가 막 조그만 방에서 그렇게 다 자고, 도저히 어떻게 서울에 오고 싶고 해도 서울이 다 부서졌다고 하니까 갈 수도 없고. 누님이고, 자형이고, 조카들이고 뭐이고 같이 뭐….

용인에서는 일은 안 하시구요?
뭐, 일할 게 뭐가 있어? 뭘, 일을 할 줄 알아야지. 서울에 있는 놈들이. 뭐 노는 거지요. 뭐 있어요? [가끔 집합 같은 거 하면은] 인민군들 노래를 배우고.

누님이 가수였으니까 특별하게 대하진 않았나요?
그런 거는 나타낼 수도 없어요. 그저 죽은 듯이 있어야 돼요. 음, 그런

말 하면 안 좋지. 그런 거 알고 그러면 잡아가요. 그래서 붙들려 간 사람들 있어요. 예술인들, 얼굴도 화장도 안 하고, 한마디로 하면 비참해요. 그 당시에는 마음이 들떠 있기 때문에 웅성웅성하기만 하고, 그저 신문을 자주 보는 사람들이 말해 주는 것만 듣고, 육이오사변이 일어난 다음 날 전쟁이 났다고, 뭐 전쟁이 났냐고 그랬지. 그런데 그다음 날 가끔 가다 쿵, 쿵, 쿵 해요. 뭐 웅성웅성하고 조금 있으니까 그쪽에 가까워요. 총소리가 막 나더라구요. 아이고 죽겠구나 싶더라고. 나가지도 않고 엎드려만 있었어요. 그때는 그 사람들이 집집마다 바로 들어가지를 못했어요. 군사도 없고. 집에서만 꼼짝 안 하는 거라요. 옆집하고 옆집 이렇게만 연락이 되는 기라요. 누구네는 시골로 내려갔다더라, 아무래도 피난을 가야겠다. 할 수 없이 보따리 싸 가지고 그냥 내려간 거예요.

보따리 싸서 내려가신 게 전쟁 나고 좀 있다 내려가신 거예요?

뭐 언제인 줄은 모르지만 며칠 있다가 옆에 있는 사람들이 왜 지금까지 있냐고 하고, 우리도 내일 내려간다고 하고 그렇길래, 벌써 피난 간 사람들도 있고 그래서 아무래도 우리도 여기 있다가는 큰일 나겠다 싶어서 갔지요.

예술을 한다는 이유로 가족들이 전쟁 동안에 피해를 당하고 그런 것은 없으셨네요.

피해라고 하는 것은 그런 것은 없고, 집 같은 것이 전혀 없어졌어요. 새로 집을 지었어요. 맨 처음에는 터가 있으니까 짓고. 집이 폭격을 맞았거든요. 맨 처음에는 판자도 없었어요. 천막이었지. 거, 포장이라고 그러나요? 주위에서 내다 버리는 거 주워 와서 둘러씌우고 그래 하다가, 벽돌 비슷한 것을 가지고 와서 이래 해서 집 모양을 만들었어요. 근데 집 모양도 아니고, 집을 조금조금 만들어 가지고 차츰차츰 수리를 하다가 일 년 넘게 해서 이런 양옥 비슷한 것을 만들었어요. 대문도 이렇게 큰 걸 달고, 고생 많이 했어요.

건설업자 같은 사람들 안 부르구요?
아이고, 건설업자가 어디 있어요? 없지.

군대는 언제 가셨어요?
군대도 바로 갔어요. 일군 산하 모 부대에, 내가 거서기를 했습니다. 내가 칠칠사 일반 부대 행정반이었어요.

해방 이후에 군대 가신 건가요?
응. 계급은 빵, 빵, 빵 비밀입니다. 일군 사령부. 군대에서는 망나니라요. 내가 먼저 들어가서 지휘관의 권총을 차고 돌아다니고 그랬다니까요. 맹랑한 놈이. 지휘관이 걸어 놨으니까, 지휘관이 나가고 그러니까 차고 다니고. 그때는 높은 사람이 있고 그래도, 하도 거서기를 해 놔서, 뭐 말도 안 해요. 차고 다니고 그래도. 군대에서 그런 거 차고 다니고 그러면 되겠어요? 그 당시에도 그랬습니다. 내가 별을 참 좋아했던 모양이라요. 그 당시에도 별을 차고 거리를 활보를 했습니다. 막걸리를 그냥 취해서 자빠질 때까지 준다고 해서, 그걸 내가 못하겠습니까. 주변에 군인들이 한쪽 가에서 따라와야 확인을 할 거 아닙니까. 헌병이 이렇게 확인을 하고 그래요. 그렇게 생긴 놈이 별짜로 생겨 가지고 걸어 다니는 놈이 어디 있겠어요? 그렇게 한 바퀴 돌고는 술을 진탕 먹고. [누가 술 준다고] 하도 그러니까. 그때는 권총을 차고 나가고 그랬어요. 그때는 개망나니고 그랬어요. 거서기 하게 했어요.

징집영장을 집에 있을 때 받으셨어요?

군대를 그때 거서기를 못했어요. 돌아다니는 놈이 거서기 했는지 알 수가 있어요? 한참 지났지요. 돌아다니고 하니까 훨씬 뒤에 알았어요. 그때 어떻게 연락이 와서. 그래 가지고 있다가 컨디션 좀 좋고 할 때 내가 직접 갔어요. 내가 군대 이런 게 나왔는데, 내가 지금 군대 갈란다고 하니까 보내 주더라구요. 참 말도 못해. 훈련도 안 받았어요. 저기 어디 가서 제주도로 가서. 그때는 거기거든.[57] 빽(배경)이 보통 빽이 아니라요. 아이, 뭐 말한 것도 [없이] 이러이러한 사람을 찾을 정도[였어요]. 누구누구가 어디로 배치를 받아 가지고 간다. 배치가 틀려요. 내가 갈 데가 아니에요. 거기 가서 차를 딱 세워요. 누구누구 없냐? 그러면은 여기 있다고 [그러면] 당장에 뒷자리를 타라고, 이렇게 했어요. 보통 빽 가지고는 못해요. 그래서 큰소리를 치고, 까불고, 별 지랄을 다 하고 그랬어요.

그 빽이라는 게 계급이 어느 정도 되는데요?

아고, 참 대단해요. 대단했어요. 기회가 좋아서. 군대도 뭐 모두 안 맞았다고 하지만, 맞기도 많이 맞고, 높은 사람한테 맞아서 그래서 더 높은 사람한테 일러 줬어. 졸렬한 놈이야 내가. 고만 그 이튿날 [그 사람을] 저쪽에 딴 데로 딱 보내 버려요. 이러니 주위 사람들이 어떻게 생각하겠어? 어제 그런 사람이 어데 갔다고 카고 [그러니까].[58] 어디 가니까 공급계를 담당하래요. 보급계, 그걸 보라고 해요. 그래서 절대로 못 본다고. 하여든 뭐 쓰고, 뭐 보관하고 그런 것은 영 그런 것은 거서기 없어요. 하지만은 할 수 없이 그것을 보는데, 열쇠가 또 요만해. 쬐끄만(조그만) 거라요.

그래서 열쇠를 가지고 있었어. 그날 추럭(트럭)으로 가지고 왔는데 그 아침에 옷을 타러 올 거 아닙니까? 군에. 겨울이니까. 근데 딱 이리 와 보니까, 열쇠(자물쇠)가 열려 가지고 있어. 어떤 놈이 털어 갔는지, 어떤 놈들이 와서 싹 싣고 가 버렸어. 뭐 어찌 되겠어? 일개, 쬐깐한 부대지만 부대인데, 옷을 내가 감당할 열쇠를 가지고 있는 사람인데 잊어버리면 내 책임 아닙니까. 그래, 줄을 죽 섰지. 가져갈라고. 이놈이 문은 열어 봤지. 그러니 높은 사람한테 그 소리가 안 들어가겠소? 그래 탁 열어 보니까, 아무것도 없거든요. 사정없이 여기고 저기고 탁 [주먹이고 군화발이고 올라오더라구. 큰일 아니라. 그래서 머리가 핑 하고 그래요. 그래서 전화로 원대빵[59]한테 전화를 했어요. 그래 어제 보내 준 피복이라고 그랬는데, 피복을 보냈는데 "그런데 어제 그걸 전부 다 도둑을 맞았습니다" 그러니까, "아이, 그거는 또 왜 그랬나?" 그래요. 알았다고 그러면서 그날 오후에 그냥 다 올라와 버렸어. 피복이. 그래서 대장들이 어떻게 생각하겠어? 이놈의 자식이 어떻게 해서 그래 했나 해서 잘못이 있어도 잘 때리지도 않고 [그랬어요]. 대장은 토벌작전 모 부대에 갔었는데, 옥수수, 고구마 밭이 많았어요. 한 다섯 명쯤 데리고 가요. 쪼금 계급이 높은 거지. 면도칼 하나 하고가지고. 옥수수를 딸라면은 면도칼이 있어야 해요. 그냥 하면 뚝뚝 해요. 안 돼. 이렇게 칼로 하면 똑 떨어지고, 똑 떨어지고. 고구마도 캘라믄은 밭에 가서 손을 쑥 눌러요. 흔들어요. 이렇게 흔들면 딱 뿌리가 반혀요. 그 밑을 파야지 그냥 파면은 안 돼. 밑에 가서 제대로 파야지. 싹 해서 다 삶아 먹여요. 그러면은 화장실에 간 놈도 있고. 위병이 왔어요. 그러면 (서리한 것은) 먹고 옥수수 같은 것은 한곳에다 두면 되는데, 전부 다 먹고 나서 철조망 옆에다가 던져 놓으니까 안 알겠어요?

도둑질을 해 와서 [먹었다는 걸]. 작살을 내 버리지. 어떻게 하든지 위병소에 들여보내지 마라 하면은 어떻게 들어가겠어요? 다 알지.

군수품을 도난 당한 게 원주였어요?

그렇지. 창고가 잘못돼 있어요. 철조망 바로 옆에 있었어요. 철조망이라, 담이 아니고. 철조망 두 개만 끊어 버리면, [아니] 하나만 끊어도 사람이 들어올 수 있었어. 그렇게 돼 있었어. 문도 이렇게 뒤로 돼 있었어. 그래 가지고. 그 뒤에 들었는데, 부대장 뭐 다 돌아가셨대.

5. 안식일교회와 결혼 이야기

교회 관련 이야기를 들려주세요.

[그런데] 여러가지로 이렇게 쏘다 다니니까(쏘다니니까) 여러[가지] 것이 많아요. 내가 삼육대학을 [다니기 전이었는데] 일류 여관에 딱 앉았었습니다. 내가 도사[였어요]. [웃음] 관형찰색이다 해서 사람이 딱 들어오면 압니다. 아, 이 사람이 어떤 사람이다 하면서 딱 알아요. 상당히 용감해야 돼. "당신은 이번에 생각하고 있는 것은 안 돼. 그냥 돌아가시오" 하면은, 글쎄 안 된다고 돌아가라고 하면, 돌아가지요. 안 된다고 하는데, 도사가 안 된다고 하는데. 그 사람은 생각하고 왔을 거 아닙니까. 당신은 입술이 이래서 관형찰색인데 어디가 아픈데 조심하라고 [그래요]. 상당히 직선적으로 잘하고 학문적으로도 잘 풀이를 해서 봐 주고. 주역도 연구를 하고 하니까 알지요. 내가 여관에서 쓱 앉아 있으면 간지라고 하나요? 그걸 여자분들에게 다 돌렸어요. 그리고 서기도 있어서 들어오면 올려야 할 것 아닙니까. 여러 군데 다니면서 지방 출장도 하고. 그렇게 철학을 연구하고 다녔어요. 그런데 그런 것을 이런 미션 계통에서는 상당히 싫어합니다. 정반대라요. 하느님 외에는 예언을 하지 않는다고 그랬습니다. 네가 내일 죽을지를 어떻게 아느냐고 그랬습니다. 그래서 예언을 안 한다고 했습니다. 교회에서 굉장히 많이 찾아왔습니다. 이거는 가증한 거다 [그래요]. [사실] 내가 어렸을 때 사서삼경을 읽었습니다. 지금 읽었으면 더 좋은 건데, 너무 어렸을 때 읽어 가지고 생생하기만 하지 깊은 뜻을 몰라요. 내가 사서삼경은 중용, 대학, 논어, 맹자 이게 사서고, 시경, 서경, 제일 마지막에 주역이 있어요. 주역을 내가 읽었습니다. 아주 어려운 거거든요. 그거를 보면은. 그래서 주역을 연구하다 보니까 운명 철학을 내가 연구하게 됐어요. 운명, 그게 주역하고 비슷한데

음양오행설~ 모든 것이 음과 양, 밝고 흐리고, 모든 것이 음과 양이 바란스(밸런스)가 맞아야만 평안한 것인데 한쪽이, 남자가 뛰어나도 안 되고, 여자가 뛰어나도 안 되고, 이 바란스가 맞을라면은 남자가 뛰어나면 남자가 조금 낮춰 주면은 여자가 조금 나아지고. 그러면 바란스가 맞을 거 아닙니까. 이 한의학에도 그런 것이 쓰입니다. 내가 그 이후에 한의학을 공부하기 위해서 모 기관에서 내가 약종상 시험을 보는 데 거기도 갔었어요. 그런데 떨어졌어.

공부를 하셨겠네요.

네, 어느 정도 했죠. 한학을 하고 하니까. 거기 갈라면 그때 돈으로 돈 백만원이라도 가져가거라 그러더라구요. [웃음] 그냥 가지 말고. 아니 내 실력으로 한다 해서 가 가지고 떨어졌어요. 그때 내가 알기로는 수원으로 알고 있습니다. 그러고 나서는 다시는 그 시험이 없어요. 그거 가지고 거스그서 다 장사를 하고 있어요. 경동시장. 글쎄요. 아무튼 내가 이런 데 다니면은 그런 시험 있다 하는 것을 잘 봐요. 내가 여러 번 보고 합니다. 공인중개사도 초창기에 떨어졌습니다만, 아주 쉽더라구요. 아주 쉬워. 그거는 한 일, 이 점만 거스그 해도 되는데. 평균 육십 점만 맞으면 되니까. 근데 쉬운데 그 이후로 끊었다가, 다시 책이 있길래 딱 했어요. 이 개월인가 삼 개월인가 했어요. 우리가 한 번 하면은 몰두해서 쭉 보면은 대강 아웃트라인이 돼요. 시험을 보면은 잘 볼 때가 있어요. 시험을 보면은 백 점 맞는데, 이렇게 보면 공부도 안 하는 것 같고 [그래도].[60] 참 내성적이었어. 그래 가지고 안 되겠다 해 가지고, 전국남녀웅변대회를 나갔었어요. 내가 알기로는 삼십 번도 더 된 것 같아요. 웅변대회를. 서울시 웅변협회 회장 이런 사람들은 다 알 거야. 내 평을 딱 하는데, 커서까지도 했어요. 웅변대회 있다고 하면은 가서 해요. 당신이 웅변을 하는데 참 과학적으로 하요. 그래요. 자꾸 하다가 보니까 목이 째져라고 외칠 때도 있지만 어느 행동으로 뭐로써 그만큼 스피치를 올릴 수 있는 뭐를 한다 이거라. 과학적으로 웅변을 하요 하더라고. 대통령상을 받지는 못했습니다만, 최우수상은 여러 번 제가 받았습니다. 그거는 이제 젊은이들이 받아야지 우리는 받으면 안 돼요. 크는 학생들이 받아야지. 상장이 뭐 굉장히 많았어요. 근데 어디로 갔나 하나도 없어요.[61]

교회는 언제부터 다니셨어요?

교회는 거스그 상당히 일찍이 교회를 알았어요. 상당히 어렸을 때부터 교회를 알았는데, 내 별장을 교회로 만들었어요. 별장도 니힌테 [아버지가] 어렸을 때요, 세 살 때 내 앞으로 해 놨어요. 이제 크면 형제간에 싸운다고, 네 걸로 가지라고. 아버지 별장인데, 이걸 전부 다 도장을 해 놨습니다. 인감도장을. 그렇게 일찍 할 때에 교회를 해 놓고 가고 했었는데.[62] 오히려 교회에 나온 사람들을 방해를 했습니다. 친구들하고 어울려 가지고 교회에 돌도 던지고 그랬어요. 우리 집을 지어 가지고 말이죠. 친구들하고 어울리기를 오히려 즐거워[해] 가지고. 그때부터(그때에는) 그 마음이 있었는데 커서[는] 교회를 다녔습니다. 원래는 교회를 거스그 안 했었는데, 어떻게 다니다 보니까.

별장을 어떻게 교회로 쓰게 됐나요?

빌려 줬죠. 빌려 달라고 하니까.

돈을 받고?

돈은 모르죠. 부모님이 빌려 줬으니까.

한학을 하셨다는데, 어떻게?

한학을 하셔도 교회에 대해서 전현 거스그를 안 하신 거 같아요. 그런데 형님도 계시고, 부모님도 있고 하지만, 형님이 연세가 많으시기 때문에 거의 부모님처럼. 그래서 교회로 빌려 주고 [그런 모양이라요]. 전도사까지는 왔어요. 목사까지는 못 오고. 교회로[는] 초창기지요. 그때 이후에 교회를 지어 가지고 우리 집에서 그쪽으로 옮기고 그렇게 했어요. 교회가 어떻다는 것은 알았습니다. 그때부터. 교회에 나가고 할 때 그때도 처음 간 사람들이 바구니[63]가 돌아가고 그랬는데, 그때도 있었던 모양이라요. 그러면 교회 안 간다고. 바구니가 앞으로 오면 곤란하다고 안 간다고 이런 사람도 있고. 초창기라요. 그 이후에는 교회를 못 갔어요.

교회를 아주 어렸을 때 다니셨네요?

조금 컸지. 어느 정도. 완전히 어렸을 때는 아니고. 내가 알기로는 열다섯, 열일곱 그 나이에도 크리스마스에 대한 즐거움이 그렇게 많았어요. 요즘도 그렇지만 그때는 벽에 붙이고 하는 것도 큰 거스그로 생각하고. 그때는 이런 거스그가 없고, 전깃불 같은 게 없으니까 종이로 붙이고. 종이도 없어서 물감으로 한 것으로, 그렇게 한 것을 연극을 하고 하는 것을 많이 봤지요. 그런 이후로는 전혀 교회를 [나가지는 못했지만] 교회가 있다는 것, 교회가 좋다는 것 이런 것은 알았어요. 그러다가 [서울에서] 교회를 [나간 거지요].

서울에서는 맨 처음 어디로 나가신 거예요?

교회는 내가 서울에 있으면서, 맨 처음에는 쪼끄만한 교회 그런 데를 나갔었어요. 그 불암동 그 근처, 태릉 그쪽이라요. 그때도 육군사관학교 있었죠. 그 계통에 '제칠일안식일예수재림교회' 신도들이 그쪽에도 많이 있습니다. 삼육중학교가 있고, 삼육고등학교가 있고, 서울위생병원이 있고, 삼육대학이 있고 하기 때문에. 거기 교회 [잡지] 이런 것을 거기서 발간하고 그랬고. [그래] 나이 들어 가지고, 성경을 보다 보니까 교회를 열심히 다니지는 않지만 그때도 성경을 열심히 보고, 모 교회[64]에 자리가 나가지고 나가게 되고, 거기서 일도 하게 되고, 또 거그서 다니다 보니까, 학교도 다니게 되고.

자진해서 나가신 거네요?

하믄요. 내가 뭐, 주위에서 권유도 있었겠지만은 마음이 있었기 때문에 나갔죠.

안식일교회에 나가신 특별한 이유는?

같은 교회 계통인데 하나님은 하나 원 거스그인데. 제가 알기로는 한 이십칠 개의 교회 파가 있는데, 나는 별로 그 파가 이렇게 하고 그런 것을 별로 좋아하지를 않습니다. 이쪽 교회를 나가면 저쪽 파를 나가는 사람들을 무시하고 그러는 사람들이 많이 있습니다. 차라리 안 믿는 사람들보다 더 미워해요. 그렇게 해서는 안 됩니다. 신앙이 있으면은 그렇게 미워하고 그러면은 안 돼요. 비판도 많이 하고 그랬습니다. 그러면 목사님이 교지 이런 것을 통해서 설교도 해주시고, 여러가지로 그런 일들이 많이 있었습니다.

교회에서는 어떤 일들을 하셨었어요?

교회에서는 뭐, 거의 집사지요. 낮에는 학생 전도사고. 지금 됐으면 부임목사라요. [웃음] 대단했을 거요, 참말로. 방문 전도…. 여러가지 전도 활동이 있거든요. 우리는 방문 활동을 많이 했습니다. 또 어느 정도 알았을 때는 단상에도 서고, 이렇게 해서 많은 전도를 하고 했습니다. 우리 교회에도 부흥목사가 있고 그렇습니다. 내가 저놈 따라간다고 많이 하고 그랬습니다. [웃음]

교회에 다닐 때 사진이라든지 이런 것 없으세요?

없습니다. 예전에 교회 다닐 때에는 사진도 찍고 그랬습니다만 지금은 없습니다. 목사님들도 다 돌아가신 분들도 많고, 어디에선가 선교 활동을 하신 분들도 있습니다. 제가 이렇게 생활하다 보니 그런 목사님들을 찾아뵙지를 못하고 있습니다.

기억나시는 목사님들도 있으세요?

제가 학교 다닐 때 교수님들은 다 미국 가시고, 거기에 있는 우리 동기들은 선교사로 외국으로 많이 가시고, 지금은 저를 잘 모를 겁니다. 저를 기억을 잘 못하실 겁니다.

삼육대학을 나오신 거죠?

네, 미션 계통을 나왔는데, 제가 언젠가는, 학교를 다 졸업하지를 못했습니다, 꼭 졸업을 할라고 합니다. 제가 중년에 [결혼]했기 때문에, 결혼한 다음에 [학교를 그만두었어요].

대학에서는 특별한 기억이 있으세요?

목사님들이 전에도 제가 교회를 나가고 했기 때문에 많이 사랑해 주시고, 그래서 내가 전에 연구를 하던 주역이 있었습니다. 그거를 제가 학교에 드렸습니다.

삼육대학교를 최근에도 가신 적 있으세요?

제가 차를 타고 우리 학교에를 갔었습니다만, 그래도 내가 전에 이만 큼이라도 거스그 했었는데, 참 행복이라는 것이 어떤 것인지, 참 내가 언젠가는 그 학교를 다시 가서 마지막까지 공부를 할 생각을 가지고 있습니다.

그때 학생 숫자는 얼마나 되었나요?

한, 상당히 그 많았습니다. 한 반에 백 명 그 정도. 목사님들도 다들 그때 안수를 받고 목사님이 되셨지만 학교를 다시 다니고 했습니다. 학교를 졸업을 못한 분들은 대학을 졸업해야만 목사가 되는 것은 아닙니다.

주로 남자분들이 많았나요?

남자분들이 많았습니다. 여자분들은 [손가락으로도] 셀 정도였습니다. 참, 내가 다니는 학교라서 그런지 참 좋습니다. 담배꽁초나 그런 것을 본 적이 없습니다. 신앙생활을 하라고 참 많이 노력을 합니다. 상당히 그 신앙생활을 하는 데도 참 엄청난 [노력이 필요합니다]. 담배를 제가 못합니다. 일평생을 두고 한 가치(개비)를 피우지도 않았습니다. 남이 놀리고 그러면은 이렇게 하다가 빼 버리고 그랬지. 측정을 안 해봤지만은 아마, 평생을 두고 담배 한 가치도 안 나올 것 같아요.

학교에서 엠티라는 것도 가셨습니까?

우리는 멀리를 안 가고 기도하고 그렇게 지냈지 그렇게 크게는 [안 갔어요]. 하도 산이 많으니까. 태릉, 공릉, 학교 뒤에 산이 참 좋습니다. 연못도 좋고, 그런 데로 놀러를 많이 가고. 저는 점심 시간 이런 때는, 저는 축구를 했습니다. 축구화를 신고 축구를 하고, 참 재미가 있고 그랬었습니다. [학교에 축구부가] 따로 있는 것은 아니고, 우리는 축구하는 것을 좋아해서 체육 시간에 꼭 축구를 하고 그랬습니다. 그냥 선수들을 좋아하고, 어릴 때 많이 하고 그래서. 노는 기회가 많았고, 운동할 기회가 [많았어요]. 학교 다닐 때는 일반 다른 분들도 잘하는 분들도 있었어요. 두 사람, 세 사람씩 싸울 때가 많았어요. 하고 나면 수업에 들어갈 때 바로 들어가고. 아침마다 참, 채플 시간에 참여하고 하는 것이 너무나도 좋았는데 지금은 대중가요를 하는 것이 참 내가 좋아서 [이러고 있습니다]. 하지만 언젠가는 교회 노래를 할라고 합니다. 축구화를 신고, 옷을 입고 채플 시간에 들어갈라고 하면은 시간이 없습니다. 그래서 수업을 못할 때도 있었습니다. 쫓아다녀 보니까 그 시간을 빼먹고, 늦게 가서 자리가 없어서 옆에 쪼그려 앉고 그럴 때가 많습니다. 동기분이나 그런 분들은 그 기억나고 하는 분들도 있지만 그 뒤에는 거의 만나지를 못했습니다. 기억나는 것이 너무나 오래되고 그러니까 별로 기억나는 게 없고 [그래요]. 주위에서 들으면 어디 가서 목사를 하고, 어디서 또 목사를 하고. 영남대나, 호남대나 [그런 곳에 가시기도 했대요]. 우리는 서울위생병원이나 그런 곳에 교회에서 일하시는 분들이 많고.

신앙 간증을 하셨다고 그러셨는데, 생각이 나세요?

간증이~ 교회에 나가서 간증을 하고 그랬어요. 내가 하고 있는 일[65]하고 전혀 틀리다(다르다)는 것을 말했어요. 일반 운명 철학이나 [이런 것은] 교회나 [그런 데서는] 그런 것하고[66] 전혀 못하게 돼 있어요. 사람 일이라는 것은 하나님밖에는 몰라요. 그렇기 때문에 그런 이야기를 강조를 하는 그런 간증이라요. 나는 이렇게 살아왔지만 그것이 아니다. 모든 운명은 우리의 모든 것들은 하나님밖에 [알지] 못한다. 그때 성경을 많이 읽었습니다. 성경을 뭐, 늘 성경을 읽고 항상 기도하고 이렇게 다니고. 대학생들 다 공부하시는 분들이고, 그런데 그분들은 일학년만 있는 게 아니고 사학년도 있고 그런데 그 앞에서 간증을 하고. 지금 생각해도 부끄러워 죽겠어요. 그래서 뭐 신문에 뭐, 교회 신문에, 방송국에서 와서 방송을 하고, 여러가지를 했는데 부끄러워서 말을 못해요.

그때 간증을 많이 하셨네요.

하믄. 그때 한 시간 가까이를 간증을 했으니까. 운명 철학을 연구하는 것하고는 전혀 틀려. 일반 운명을 연구하고 있는 사람들이 보면은 어떻게 생각할지 모르겠어요. 그때는 운명 철학 하는 사람들이 너 많았어요. 그때는 뭐…. 그래서 내가 백운학 씨노 찾아가 봤고, 성명 철학 하는 김명수 씨도 찾아가 봤고. 유명한 사람 다 찾아가 봤는데, 집은 조그맣고 하는데, 근데 이상해요. 내가 한 가지를 알았어요. 성명 철학을 하는데 이름을 갈으래요. 그래서 이름을 바꿨어요. 어느 모 군이 와서 이름을 바꿨어요. 이름을 갈았으면, 수상하고 관상을 따로 연구하는 사람들이 있으니까, 그러면 이름을 갈았으면 수상하고 관상도 조금 달라지는 게 있어야지 될 거 아니요. [웃음] 얼굴도 이런 데가 틀어지거나 이런 게 있어야 할 기 아니요. 그런데 세일 처음에 거기가 걸리더라고. 이름을 갈았으면, 족상도 달라져야 되고 다 달라져야 돼요. 물론 법은 있어요. 이러이러한 때에 태어나고 이런 사람들은 어디어디에 흡사하다 하는 것은 화학적[67]으로도 다 증명이 되는 뭐가 있습니다. 소띠가 그러면은 소띠한테 맞는 [그런 게 있어요]. 수띠도 여러가지입니다. 이런 뭐기, 연구를 하면 조금 있어요. 이대로 다 된다고 할 것 같으면 아무런 거스그가 없지요. 나도 연구를 많이 했어요. 그런데 그런 연구를 하다가 믿음을 바꾸기가 쉽지가 않아요. 하지만 내가 원래부터 그걸 좋아하지를 않았어요. 내일 이렇게 된다 하면은 그게 그렇게 되어 버려야 하는데 그것까지는 장담을 할 수 없는, 비슷한 뭔가가 나올 수는 있지만 그런 것까지는 확신을 할 수 없으니까. 운명 철학의 정확성이라든가 이런 것이 [믿음이 가지 않았어요]. 그걸 깊이 연구하다 보면은 [종교적인] 믿음이 나오고, 그래서 성경을 읽다 보니까 거기에 철학이 다 들었어. 전부 다. 그래서 교회에 거스그에 나가게 된 [거요]. [애초에 내가] 목사님들, 전도사님들이 될라고 그랬습니다. 그런데 그거를 할라면 공부를 전문적으로 해야 돼요. 그래서 주역이니 이런 것을 갖다가 학교에다 줘 버렸어요. 인자 안 할 거라고 생각하고. 그래서 그렇게 공부를 할라고 시험을 봐서 들어가서 공부를 하고 [했는데] 조금 있다가 나와 버렸어요. 아무래도 영 못하겠어요. 또 가난했어요. 교회는 봉사로 나오니까 어떤 거스그도 없고. 대학에서 영선부에서 일을 했어요. [대학 다니면서] 다 그래요. 일을 많이 해요. 우유도 짜고 모두 그래요. 대학 다니는 사람들. 그래 하다가 영 힘을 못 쓰겠더라구요. 그래서 돈을 좀 벌어 가지고 와야 되겠다 해서 나와 가지고…. 대학을 다닐 텐데 그래서 나와 버리고. 학교를 조금 다니다 말고 그냥 밖에 나와서 [돈은] 버는다고 했는데 세상에 나오니까 어렵습다. 맨 처음에는 식당에서 접시도 닦고 어려운 일 많이 했어요. 그러나 잘 안 되고. 그러나 그때 배운 채플 시간에 기도하고, 간증도 여러 번 했어요. 학생들 모아 놓고 아침에 사십 분 동안에 기도를 하고 공부를 하고 그랬었거든. 그 때는 내가 알기로는 신학과하고 농과밖에 없는 것 같습니다. 그런데 지금은 내가 알기로는 약학과도 있고 이런 과가 많이 있는 것 같아요. 그래도 [학교 근처를] 지날 때마다 그래도 내가 옛날에 공부를 하던 곳이구나 그런 생각을 하면서 영 가슴이 아파요. 계속해서 가고 그래야 되는데, 교회도 나가고 그래야 되는데,…. 교회는 나가지 않습니다만 조그만 기도는 내가 많이 하고 있습니다. 요즘은 내가 교회를 나가지를 못하고 있습니다.

그러면 안 나가신 지가 얼마나 됐나요?

찔끔찔끔 나가다가 나중에는 전혀 안 나가게 돼 버리고. 영, 참….

꽤 오랫동안 안 나가셨나 봐요?

하믄요. 할마니(할머니)[68]는 열심히 나가고요. 교회는 열심히 나가고, 내가 멀어지니까 할머니가 좋아할 리가 없어요. 음악이나 하고, 교회음악도 아니고 이런 대중음악을 하고 다니니 누가 좋아하겠어요? 그러니까 집에서 괄시를 받고, 이렇기 때문에 자연히 떨어지게 돼요. 지금은 교회도 안 나가게 되고. 하지만 언제든지 안정이 되면은 교회도 다시 나갈라고 합니다. 제일로 거스그한 교회 저 시골에 성도들도 없고 그런 데에 가서 기도나 하고, 찬미나 하고 그럴라고 그래요. 내가 이러다 좋지 않은 짓이다 이럴 것 같으면 대가리를 나뭇가지로 탁 치거나, 아무튼 세 발 안짝에 죄를 받아요. 내가 알아. 이 우주가 말이죠. 조화가 있는 것 같아. 나는 과학적으로는 증명을 할 수가 없지만 해가 그리고 달이 자전을 하면서 공전을 하는 것, 그 사이에 내 생각에는 톱니바퀴 같은 게 있는 것 같아. 우리가 볼 수 없는. 그게 곧 신, 유일의 신이 조절을 하는 것 같아요. 모든 것이 그냥 뇌년 뇌는 것이 아니고 뭔가 거기 있는 것 같아요. 목사님들도 다 미국에 유학 갔다 오시고 공부를 많이 하신 분들이에요. 그런 분들이 뭔가 보이지 않으면 공부를 안 합니다. 누가 공부를 하겠어요. 우리

보다 똑똑하고 이런 분들이 뭔가 보이니까 이렇게 하십니다. 하지만 우리는 아직 보지를 못했어요. 그래서 그분들과 함께 성경을 보고 교회에 나가서 전도를 하고 기도를 하고 하는 것[이지요]. 그분들은 뭔가 보입니다. 내가 성경을 보면 아직도 무서워요. 믿음이 약한가 봐요. 무서워요. 성경을 될 수 있으면 둘러 가고, 넘어가지 않고, 절대 함부로 이야기를 하거나 하지를 못해요. 영 믿음이 부족한 것 같아요. 그분은 친구고, 우리를 사랑하는 분이고, 죄인을 사랑하는 분인데 무서움을 타니 죄인이라. 언젠가는 참 좋은 친구가 될 것 같아요. 예수님이 언젠가는 친구가 될 것 같아요.

교회 다니시면서 할머니 만나셨잖아요?

할머니는 교회에서 교회 목사가 거스그를 해서, 중신을 해서, 목사가 주례를 서고 교회에서 결혼을 했습니다.[69] 그때는 아무래도 옷을 정장을 입고 해야 되기 때문에 넥타이를 하고, 그게 어디 사진이 있을 텐데 돌아다니면서 전혀 없어졌습니다. 그런 것도 참 상당히 많아요, 테이프가. 보내 주더라구요. 하나 보내 드리겠습니다 하고. 꼭 필요한 것은 부탁을 할 때도 있고 해서. 자연히 이렇게 떠돌이로 다니니까 다 없어집디다. 해 놨으면 좋을 텐데. 한 오십 개가 넘을 거예요. 테이프가 나온 것만 해도.[70]

그러면 할아버님은 양복 입으셨고 할머님은요?

드레스지요. 그거는[71] 전에는 멋쟁이였어요. 그것도 부자였습니다. 보통 부자가 아니라요. 집도 좋고, 대나무도 있고. 아버지, 삼촌이 일본에 다녀서. 돈 빌릴라면 그 집에서 빌리고 아주 대단했어요. 그때는 다녀도 레코드가 없을 때였는데 그 집에 가면은 레코드가 가마니로 한 가마

구술자가 아내와 함께 찍은 사진이다.
제칠일안식일교회에 다니던 시절 교회
목사의 중매로 결혼을 했다.
구술자가 거리의 악사가
된 이후로 아내와의 관계는
몹시 나빠졌다고 한다.

니 있는데, 한 가마니라요. 일본 거 뭐 있는데 그거를 그냥 밟고 다니고 [그랬어요]. 그 어릴 때 구두를 신고 다니고, 그 어릴 때 쎄무[72], 전부 일제입니다, 뭐 할 거 없이. 그래서 드레스도 보통 멋진 거를 입을라고 안 해요. 그래서 입고.

드레스는 빌려 입으셨겠네요?

글쎄요. 그거는 그쪽에서 하는 거라. 내가 그런 것을 잘 캐고 그렇지 않거든요. 드레스는 흰 거 입고. 대단해요. 보통 거스그 해 가지고는 내가 꼼짝을 못해요. 내가 어떻게 할 수가 없어요.

할머님은 고향이 서울인가요?

하믄요. 서울에 오래 있었어요. 얼마 전까지도 교회를 나갔었습니다. 하루도 안 빠지고.

들러리도 있었나요?

애기는 장로 딸이 [섰어요]. 그런데 그 애가 외국으로 이민을 갔대요.

꽃 뿌리는 애기가요?

응. 애기가 옆에 있더라구요, 사진에 보니까. 커 가지고 외국으로 이민을 갔대요. 그 애기가 허허. 지금으로부터(지금은) 한 오십이나 육십 됐겠지요. [그런데] 내가 초창기에, 한 가지만 이야기합시다. 「여섯시 내고향」[73]을 초창기에 종로 탑골공원에서 종로구 편에 제가 [출연하게] 됐습니다. 그때 계속해서 그렇게 나왔는데, 「인생은 뭣이다」 하는 프로랑. 그런데 그런 것을 찍는 것을 [할마니가] 전혀(매우) 싫어합니다. 싸워 가지고, [웃음] 임희춘 씨가 날 보고 죽을라면 집에 들어가고 아니면 들어가지 말라고 [그래요]. 들어가니까 문을 탁 하고 닫아 버리더래요. 그 사람 일인데 그 사람한테 가서 이야기를 하지, 왜 나한테 이야기를 하냐고. 뭐 하면은 죽었다고 하라고 하더라구요. 집에 들어갔더니 대체나, 당신 일은 당신 일이지 내 집에 와서 이래 하냐고, 당장 나가라고 [그랍디다]. 그 집이 내가 돈을 벌어서 한 게 아니라 할머니가 벌어서 사글세인가 전세를 얻은 기라요. [웃음] 나가라고, 내 집인데, 아휴 참…. 그러니 교회에 열심히 나가다가 이래 안 나가는데 보기 좋겠어요? 그래서 그 이후에는 교회에도 못 나가고, 지금도 목욕탕에 가고 그러면 성경을 그렇게 읽어요. 다른 사람도 들으라고 크게 일 장 이렇게 [읽어요]. 그러면 헛소리나 하지 말고, 성경을 보지 말으라고 허허. 헛소리나 하지 말지. 내가 지금 교회를 안 떠날라고 상당히 노력을 하고 있어. 성경을 만져 보고, 성경을 생각하고. 하루에 한 번씩 성경을 읽고 하면서 안 떠날라고 상당히 노력하고 있어요. 교회를 앞으로도 나갈라고 노력하고 있는데. 글쎄, 그렇게 되면은 만약에 내가 좋지 못한 일을 할 때면 초창기에 내가 그렇게 열심히 다녔는데 내가 이래서 되겠나 하고 생각하고 죄책감을 가져요. 내가 여러가지로 옛날에 예술 계통에 있었기 때문에 사실 예술이라는 것은 현실을 방법대로 표현하는 건데 신앙하고는 다른 겁니다. 이 연극을 하고, 하는 것을 좋아하고, 노래하는 것을 좋아하고, 작곡하는 것을 남한테 불러 주고, 일류 작곡가한테 가요. 좀 고쳐 달라고 이야기하고 그래요. 자랑을 잘합니다. 남한테 뭐가 있더라도 좀 주고 싶어 하는 것도 자랑이탕 똑같은 서지요. 뭘 수고 하는 것도 다 자랑하는 거지요. 앞으로는 교회를 꼭 나살라고 합니다.

6. 음식점 점원 시절

결혼 이후의 생활을 쭉 말씀해 주세요.

그래요. 그때부터 지금까지의 생애가 거의 일반 노래, 음악에 붙어 있는 그런 것으로 했어요. 하여튼 그때부터 지금까지 이런 노래를 하고, 즐겁고, 좀 외람된 이야기지만 자유분방한, 남에게 지배를 받지 않는, 돈이야 많든 적든 간에 그런 것을 했는데, 맨 처음에는 제가 식당에를 들어갔습니다. 접시닦이를 하다가 승진을 했어요. 커피 따라 주는 것, 그것을 했어요. 커피를 이렇게 따르니까 프림하고 설탕하고 넣는 것을 얼마 동안 했어요. 늘 식당이나, 다방이나, 일반 조그만 경양식이나 이런 데서 일을 하게 됐어요. 그러다 보니까, 커피집에서 있다가 경양식으로 가고 [그랬어요]. 그래서 노래를 할 수 있는 기회가 많았어요. 더 음악이 있고, 예술계에 가까운 이런 일들을 많이 보고, 이런 조그마한 클럽 같은 데서 있게 되고.

클럽에 가신 것은 언제쯤인가요?

[결혼하고] 바로라요. 거의 바로. 클럽이 제법 큰 클럽이라요. 무교동에 있는 그런 클럽인데 지금은 없어졌죠. 구체적으로 얘기하면 그 당시에 월드컵이라고 있었고, 카네기가 있었고, 하이웨이 있었고, 용좌클럽 있었고, 코파카비니기 있었고…. 그 근처에 있는 집니다. 오래돼서 [그 위치는 정확히 모르겠지만 그 이름이 용좌입니다. 그것을 '용 용' 자 하고, '앉을 좌' 자를 써 놨더라구요. 그래도 거기서 심부름하고 [했어요]. '보이' 이런 것이지. 그 업계 쪽에서는 상당히 큰 거스그로 알고 있습니다. 그런 곳에서 제가 전전을 했습니다.

용좌클럽은 어떻게 들어갔나요?

거기의 사장도 저하고 연분이 있고, 그것은 한 고향의 연분도 되고, 같이 하는 사람도 나하고 연분이 있고. 아무도 거기에 그렇게 쉽게 들어갈 수가 없습니다. 그때는 그래도 상당히 [쉽게 들어갔어요]. 기도도 있었습니다. 지금 기도는 뭐, 기도가 있는데, 기도가 시시하고 그러면 내쫓아요. 키도 좀 있고, 뭘 하는 친구들입니다. 이렇게 잠바 입고 들어가면, "뭐하러 왔어?" 그래요. 그럼 "술 먹으러 왔다"고 그러면 "집에 가서 옷 바꿔 입고 와" 이런다고요. 그때는 상당히 셌어요. 그러면 "돈 있어요" [그래요]. 그러면 "야, 임마 안 가!" 그래요. 그때는 손님이 많아서, 손님 하나하나를 거스그 할라고 하지를 않아요. 그 당시에는 업주들이 돈이 없어도 장사를 할 수 있었습니다. 왜 그러냐면은 술을 갖다가 외상으로 [가져와요]. 지금은 외상이 안 되는 것으로 알고 있는데, 그때는 전부 외상이 되고 수표를 빌려 줬어요. 일반 당좌수표가 아니고 어음을 빌려 줬기 때문에 만약에 시설을 다시 한다고 하면은 그 값을 어음으로 줘 버려요. 그러기 때문에 장사를 쉽게 할 수가 있었어요. 그 당시에는 아가씨들도 한 백여 명이 됐었어요. 대단했어요. 그런 곳에서 하니까, 음악이 쎄거든요. 요즘은 아니지만. 오륙인조가 됐어요. 그러다 보니까 음악을 들을 기회가 많았어요. 난 그것이 제일 중요한 기라요. 들을 수 있는 기회가 많은 것이. 그런 곳에서만 내가 많이 돌아다니고 자유분방하고 그러다 보니까…

용좌클럽에서는 뭘 하신거죠?

제일로 그 보이! 맥주를 요래 들어요. (손가락에 병을 끼는 시늉을 하며) 그러면 한 병을 여기다 딱 끼어요. 이쪽에다 또 들어요. 그러면 이쪽 네 병, 이쪽 네 병. 이렇게 들기도 하고, 어떤 사람은 열댓 병을 드는 사람도 있어요. 그런데 나는 그렇게는 못해요. 그때는 무섭기도 하고. [웃음] 웨이터가 손님이 팁을 안 줄 것 같으면은 영 성(화)을 냅니다. 팁으로 사는 기라. 그럼 팁을 이렇게 놓으면, 내가 일번 웨이터면 "일번 웨이터[입니다!" 이렇게 인사를 안 합니다. 인상을 써 가지고 [합니다]. [웃음] 요즘 같으면 한 대 맞겠죠. 이렇게 탁 테이블을 짚어요. 손님 앉아 있는데 전부 다 인상을 쓴다구요. 그러면서 "일번 웨이터입니다" [이래] 겁을 탁 주거든요. 돈 안 줬다가는 큰일 나겠어요. 그때는 화장실에도 [웨이터가] 있었고 [그래요]. 그때는 물수건 주는 게 있어요. 그러면 화장실 갔다 나올 것 같으면 돈을 줘야 돼요. 안 주면 안 돼. 이렇게 갈 것 같으면 요기(여기)를 막아요. 그러면 사장이 뭐라 하고, 또 여기로 갈라고 하면은 여기를 털어 주고. 돈을 얼마간 줘야 길을 비켜 주고 그랬어요. 그때는 좀…. 오래된 이야기죠. 그때는 음악을 하는 데가 명동보다도 거기가 더 많았어요. 명동에 요즘 많다고 하지만 그때는 여기가 제일 좋았어요.

그때가 육십년대쯤 되나요?
네, 그때 클럽이 있는 것도 많지가 않았고. 그렇게 성인 나이트클럽이라고 상호를 취해 가지고.

그때 팁은 얼마 정도 받으셨어요?
몰라, 돈 액수는 모르겠지만 보통 뭐, 요즘 돈으로 하면은 돈 만원 정도 됐을 거예요. 또 몇 테이블이 되면 또 [웃음] 그렇게 하루에 많이 받지는 못해요. 그때는 내가 술을 좀 했습니다. 왜냐면 꽁짜로(공짜로) 와서 하라고 하면 안 할 수도 없고,[74] 그래서 조금씩 하다 보니까 배워지고 그랬어요. 그때도 담배는 안 했습니다. 할 줄을 모르기 때문에.

팁 줄 때 기억에 남는 일 같은 것은 없으셨어요?

저, 팁을 두 번을 주는 수도 있고, 한 번을 주는 수도 있어요. 팁이 많든 적든 간에 요즘 같으면은 만원짜리를 줘야 하는데, 천원짜리를 줄 것 같으면은 안 가요. 만원짜리가 돼야 가지. 아가씨도 한 테이블에 들어가지를 못했는데, 세 번, 네 번을 들어가 앉아 있어요. 멤버가 순서를 정해서, 사장이 타치(간섭) 안 하는 대신에 멤버[75]한테 돈을 받아요.

멤버가 아가씨 관리하는 사람이에요?

웅. 아가씨들 관리하는 사람들. 그 사람 외에는 손을 못 대. "아가씨 몇 번[76]을 주세요" 그럴 수가 없어. 특별히 잘 알고, 맥주를 받아 주고 그런 친구들은 참 예쁜 아가씨들이 들어온다고. 술 받아 먹었으니까 안 해 줄 수도 없고. 참 그게 멤버 하기도 그렇게 쉽지가 않아요. 한 백여 명이 큰 홀에 있으면, 그때도(그때는) 옷차림도 지금이랑은 달라요. 굉장히 짧은 옷으로는 근무하지를 못했어. 그리고 번호를 달아야 돼. 그러면 번호를 불러서 일대일로 앉았어요. [멤버는 보통은 한 명 내지는 두 명이에요. [용좌는] 두 명인가 그랬어요. 그러면 멤버는 아가씨를 데려올 책임이 있어. 백 명이면 백 명 [이렇게 데려와야 돼요]. 못 들여올 것 같으면 멤버 한 명을 더 두면 채워 올 것이 아닙니까. 안 데려올 것 같으면 대번에 보증금을 빼 줘 버려요. 이층에, 아가씨들은 방도 아니고 이런 전기장판 같은 것을 바닥에 깔아서 [살아요]. 뭐 한 번은 불이 나 가지고, 아휴 가열이 돼 가지고. 마침 꺼져 버렸어요. 불만 나가고,[77] 다 튀어 나가고. 거기에 있으면 그런 일은 예사라요. 나도 여러 번 불을 껐어요. 동작이 빠르기 때문에 제일 먼저 그런 것이 어디에 있는지 알아 둬요. 내가 얼마 전에 동대문시장에서도 불을 껐습니다. 아무도 안 끄고, 불이 났는데 모두들

보고만 있으니까, 내가 섹스폰(색소폰)을 불고 있는데 그것[78]을 집어 내버리고, 이런 그것[79]을 가지고 가 가지고, 될 수 있으면 가까운 장소에서 정확하게 소화기를 갖다가 댕겨요. 탁 댕기면(당기면), 온 [사방에] 연기인데, 보니까 거의 꺼진 것 같아요. 역시 이것도 꺼지더라구요. 내가 이미 껐는데 소방차가 이제야 와서 뭐, 온 시장통이 다 [시끄러워요]. 그래서 보니까 내 공이 상당히 커요. 이래서는 안 되겠어. 그래서 내가 소방서를 찾아가서 사실 동대문시장, 내가 불 껐다. 어쨌든 간에 저절로 꺼졌더라도 내가 끈 게 일단은 맞으니까, 이걸 사용한 사람이 별로 없어요. 신고를 했기 때문에 소방차가 왔을 것 아니에요. 그래도 그 정도 되면 불이 상당하거든요. 그것을 하고 나면은 온 옷이 백위 같아요. 그 가루루…. 내가 이렇게 돼서 이렇게 열심히 껐다고 소방서 가서 자랑을 했어요. 악수도 하고. 이제 나는 표창장이 됐든 뭐 이런 것을 하나 달라는 뜻인데 허허, 싹 닦아 버려요. [웃음]

거기 아가씨들은 어떻게 관리하나요?

아가씨들을 거기서 데려오는 것을 멤버가 갈 수도 있고, 내가 갈 수도 있어요. 항상 거기서는 대빵[80]한테 먼저 앉혀야 하거든. 딱 보면 알아요. 어떤 사람이 대빵인지, 이야기하면 대충 알아요. 대부분 알아서 제일로 예쁜 아가씨들을 거기에 앉혀야 해요. 자기 옆에 있는 아가씨가 제일 빠져. 그럴 때에는 뭐 "술맛 별로 없다. 가자" 그래요. 그러니까 내가 알아서 잘해야 돼. 외람된 이야기이지만, 그런 깃이 침 그런 입소라는 것이 상당히 로맨틱한 그런 것이 많이요.

아가씨들은 또 어떤가요?

인사를 할 때에는 일어서서 인사를 하라고 해요. "나 몇번입니다."
이래 하고 있으면 교육을 시켜요. 보통 교육을 시키는 게 아니라, 아가씨
들이 대단해요. 딱 옆에 앉는데 얼굴을 그냥 이 턱 있는 데 대 버려요. 여
자분들은 화장을 많이 하기 때문에 분 냄새가 코로 살살 들어오기 때문
에 기분이 대단해요. 보통이 아니라요. 그런 것이 상당히 손님들하고 술
을 먹을 수 있는 것이 많았습니다.

용좌에서 혹시 좋아하신 분은 없으셨어요?

그 당시에는 장사만 할라고, 어떻게 하면 손님한테 잘해 드릴까 그런
것만 생각했지, 그런 것은 어떻게 할 수가 없었어요.

용좌에는 얼마나 계셨어요?

어, 좀 있었죠. 이삼 년 정도. 손님들이 거의 사인을 해요. 현찰이 거의
없었어요. 그리고 꼭 바가지라는 게 있어요. 열 병 먹었으면 열다섯 병
먹었다고 그래요. 사인인데 뭐 [어때요]. 미리 이야기를 해서, 경리과가
있어요. 경리도 보통 빨리 계산을 하는 게 아니에요. 하나 같으면 전표를
딱 끊는데, '누구' 이라면(이러면) 꽉꽉 해서(재빨리 알아차려서), 그
때는 컴퓨터도 없었습니다, 주판으로 뭐, 바로 계산이 나와요. 그러면 계
산서가 다 나오기 전에 "삼만원만 올려 주시오" [하고 이야기를 합니
다]. 그러면[81] 어느 정도를 갚아야 돼요. 가게에다가. [손님들이] 무조건
외상만 하면 어떻게 해요? [그러면 외상값을] 웨이타가 갚아야 돼요. 그
걸 수금을 빨리 해서 갖다줘야 해요.

수금도 하러 다니셨어요?

그럼요. 그래서 그렇게 돈을 안 올릴 수가 없어요. [돈을] 늦게 주고 [그

래요. 돈을 받으러 가면은 잉크 물도 마르기 전에 수금을 하러 왔냐고 인상을 쓰고 그래요. 나는 빨리 해줘야 하는데. 외상이 요즘 같으면 거의 한 일억 그랬나 봐요. 요즘 돈으로.

자주 오는 사람들이 있었나 봐요?

그럼요. 수금하러 가면 이름이 있는 회사라고 하면은…. 나는 별로 없지만 나랑 같이하신 분들은 상당히 있었어요. 나는 심부름만 했지만 그 사람들은 모두 실력 있는 사람들이었으니까. 그래서 어느 때는 '현찰이 좀 나왔으면 좋겠다' 그런 생각을 해요. "야, 볼펜 좀 가져와라" 그러면 볼펜을 가져가요. 술을 먹으면 가격이 얼마인지 적어 봐요. 그냥 뭐 시인도 아니라요. 그냥 써 놓으면, 술값을 받으러 가면은 뭐가 이렇게 많냐고 성질을 내고.

거기서 돈을 좀 버시면 집에다 가져다드리고 그러셨어요?

나는 너무나도 그, 많이 벌지를 못했기 때문에. 그런 계통으로 식당 같은 데를 가고 싶은 생각도 없었고, 그래서 이런 일을 하게 된 것이고. 그리고 집에 많이 [가져다주지는 못했어요]. 사실 힘들어요. 월급도 많이 없고 해서, 그래서 자연히 미션 계통하고는 전혀 딴판이라. 그러다 보니까 자연스럽게 이렇게 집하고 거리가 있고. [집에서는] 이런 일반의 월급 생활을 [해보라고 해요]. 나를 오라고 하는 곳은 없지만 그런 것을 하라고 그래요. 공부도 좀 하고. [그런데] 어디 가서 주문받아 오고 그런 것은 도저히 못하겠어. 어디 가서 숙이지도 못하겠고, 그런 것을 전혀 못하겠어. 그래서 그런 곳에 있다 보니까 자연스럽게 [집하고는] 멀어지고 [그래요]. 그래서 하다가 치워 버리고, 밴드 뒤에 따라다니면서 심부름이나 하고,

거기 가서 이것도 만져 보고 저것도 만져 보고 그랬지.

그럼, 용좌클럽 다니실 때는 잠을 거기서 주무셨나요?

잠은 거기서, 보통 거기서 잠을 자요. 일찍 일어나서 거기 주변에서 청소를 해야 돼요. 열두시 넘어서라요. 그러면 그 주변에 청소를 해야 되고. 그때는 통행금지가 있어서, 열두시 돼서 [집에] 가다가, 집까지 못 가고 다 붙들리고 그런 사람들이 많았어요. 그 상당히 그때, 통근을 많이 했어요.

그때는 집이 어디셨어요?

그때는 변두리에 있었어요. 내가 그때는 강남 쪽이 아닙니다. 강북 쪽에 내가 하도 많이 돌아다녀서, 집이 없었기 때문에 하도 많이 돌아다녀서. 어디가 어딘지 모르겠어요. 주민등록 쓸 데가 없어요. 주민등록초본[이] 한 장 넘어가고, 또 넘어가야 되고, 또 넘어가야 되고. 두 달 있다가 또 나가야 되고. 집세를 못 내서. 또 나가라고 그러면 나가고.

용좌클럽은 왜 그만두신 거예요?

그때는 회사가 부진해 가지고, 그거를 딴 사람한테로 팔게 되면은 이익이 있대요. 딴 사람이 하다가 거기다 건물인가 지어서 없어졌어요. 거기 정인순 씨가 하던 '월드 카네기'만 남아 있다가 그 뒤에 없어지고, 영동으로 가 버리고. 그분은 아주 대단해요. 큰 부자입니다. 그분이 무교동에서는 은행에서도 큰 소리를 치신 것으로 알고 있습니다. [거기 나와서는] 또 그런 식당, 그런 거, 커피 이런 거, 경양식에 가서 일을 하고. 경양식집에서도 [용좌에서 하던] 뭐 그런 거 하고.

직장 다니실 때는 다른 것은 안 하시구요?

다른 거 뭐, 할 게 있어야지. [시간이 좀 남으면] 수금 가야지. [웃음] 영화는 뭐 틈틈이 봤지. 새로 나온 영화라 하면은 뭐, 다 봤지. [기억에 남는] 영화라는 것은 별로 없습니다. 「연산군」이니, 「춘향전」이니 뭐 그런 것이지. 극장은 그때는 뭐, 수금을 해도 보게 돼 있기 때문에[82] 그냥 해버리고. 어느 때는 받아도 안 받았다고도 하고. [웃음] 그렇게 해서 볼 수가 있었어. 그때는 단성사도 있었고, 일반 그때는 시공관도 있었을 거야. 그런데 그때는 영화는 안 했습니다. 그 뒤로 대형 극장이 있었구요. 그때는 길도 제대로 나지 않았을 때입니다. 극장이 그렇게 크지도 않았어요. 그 뒤에 이렇게 생겼다고 봐야죠.

그럼 단성사를 많이 가셨겠네요?

그럼요. 국도도 그 뒤에 생겼는데 나중에 많이 갔죠. 그때는 국도도 없었을 거야. 음, 그때는 조그마한 극장이 있었어요. 여기, 여러가지 있어요. 아주 희한한 극장도 많이 가고. 계림극장이니, 명동극장이니…. [계림극장은] 영 형편없는 극장이라. 여기 없어진 문화극장이니….

문화극장은 어디 있었는데요?

거기는 보통 우리 나이 아니면 몰라요. 그게, 여기서 조금 올라가면 운현궁이라고 있어요. 그 건너편 보면 수운회관이라고 있었는데 그 옆에 있었습니다. 음, 아마 그렇게 아는 사람이 드물 거예요. 오래됐습니다.

문화극장은 그때 동시상영을 했었나요?

그때는 동시상영은 안 하고, 극장이 좀 돼서 그 이후에 동시상영으로 정리해 놓아서 봤죠. [문화극장 건물] 그거는 단층이었어. 계림이고 뭐고 극장들이 다 시시했어. 의자는 형편없어. 이런 쇠도 아니고 나무 비슷한 것 같아. 그때는 내가 생각할 때는 등받이도 없었던 것 같아. 벤치처럼 이렇게 해 놓고 거기서 구경을 하는 거예요. 그래서 그 뒤로는 대한극장을 많이 갔지요. 지을 때 빨리 좀 지으라고 그랬었어요. 그런데 다 짓고 가 보니까 영 아니올시다야. 원래 이런 무대라고 하는 것은 음악을 하고, 가수가 서고, 영화 그림이 여기에 있으면은 소리가 그림에서 나와야 합니다. 그런데 그것을 갖다가 입체 음향이니 뭐니 해서 뒤에서 소리가 나오니까, 영 아니올시다라고 내가 그랬지. 처음에 상영할 때도 국도극장도 별로 거스그 하고, 국도극장의 크기는, 대한극장이 더 컸어요. 그래서 국도극장에 많이 가고, 음악을 하다 보니까 그런 계통에 구경을 많이 다녔어요.

문화극장 같은 데서는 어떤 영화를 상영했나요?

외국 영화도 많이 하더라구요. 혼자 볼 때도 있고, 친구랑 볼 때도 있고. 집안 식구들은 전혀 싫어하기 때문에 교회 열심히 나가는 사람이 뭐 하러 [그런 데를 다니느냐고 그래요]. "그런 것이 어딨어요? 낼 모레 학교도 갈 건데" 그랬죠. 하여튼 그렇기 때문에 그때의 이런 것이 있었기 때문에, 내가 자유분방한 것을 좋아하다 보니까 내가 이렇게 됐어요. 지금도 어디 가서 접시 닦고 그러면 좋을 것 아니에요. 그런데 이렇게 딴따라 하고 다니니까 [그러지를 못해요].

누님 나오는 영화도 보셨습니까?

영화를 그때 기회가 안 돼서 보지를 못했어요. 영화가 여러 영화인데, 그중에서 「양산도」가 제일 나아요. 삼돌이 엄마로 나왔어요. 그리고 여러가지가 있습니다. 그리고 누나 노래가 그렇게 히트를 한 게 없어요. 취입은 많이 했습니다만, 가수 그런 걸 했는데, 〈백두산 타령〉. 뭐, '두만강을 바라보고'[83] 이런 거 옛날 사람들은 몰라요. 그런 걸 누가 듣겠어요? 그런 것을 하다가, 텔레비전이 나올라 하고 방송국이 생기고 하니까, 눈치가 빨라요. 일기생으로, 케이비에스 탤런트 일기생으로 알고 있습니다. 나이는 많았죠. 그래도 배와야(배워야) 한다고 생각했고 또 그쪽으로 출현하고 싶어서 [탤런트가 됐죠]. 제법 오래 출연했습니다. [그런데 얼마 뒤에 그만두더라고요]. 그래서 [내가] "계속해서 하지 그래요?" 했더니, "암만해도 나한테 안 맞는 것 같아" [그래요]. 정혜란 씨는 그쪽으로 계속해서 나가고. 나이는 적지만은 같이 다닌 모양이에요.

용좌클럽을 나온 다음에는 어떤 일을 하셨어요?

일반 커피숍 같은 데서 [있었어요]. 오래는 못 있어요. 주인이 오래 있으라고 안 해서 가 버리고 이렇게 했어요. 월급도 제대로 나오지 않고 그러면 그냥 가 버리고 했기 때문에. 서울 이 근처에서 제일로 많이 했어요. 옛날에는 종로에 무슨 빌딩이라고 하면은 모르는 빌딩이 없었습니다. 하도 왔다갔다 하고, 하도 수금도 많이 하러 다니고 했기 때문에. 그래서 거의 모르는 데가 없어. [그때는] 거의 그 계통이라고. 이런 요성이라는가. 지금도 남아 있는 것이 오지남이라고 이 근처에 있는 요정은 계속 크다고. 옥류장이라고 유명한 것이 있고, 신도라고 유명한 요정이 있었고, 수양이라는 요정이 있었고, 삼영이라는 요정이 있었고, 청품명월 이런 것[이 있었어요]. 삼청각이[에] 유명하죠. 청와대 뒤에 가면 [있었어요]. 유명하고 [그랬는데] 부도가 나서 안 하는 줄 알고 있습니다. 그런데 내가 아는 사람들이 많은 것으로 알고 있습니다. 저는 그 사람들도 그쪽에서 일하는 사람들은 [지금도] 모두 그쪽에서 일을 [해요]. 사장 아니면 지배인이라요. 그 사람들이 뭐하겠어요? 그래서 한 번씩 놀러가 보면은 아리랑 홀 같은 데는 이백 명, 아가씨도 한 이백 명 이렇게 있습니다. "우리 집에 삼십 명만 불러 주십시오" 하면은 착 오고. 참, 그놈에 세상 참. 요즘 같으면 직업소개소하고는 다르지만, 뭐 그런 거라. 보도방 [이런 거예요]. 지금도 그런 게 있는지 모르겠지만, 그게 없으면 장사가 안 됐어요. 방에다 해 놓고 있지, 공식적으로는 못하는 것으로 알고 있습니다. 한 삼십 명, 오십 명이면 뭐 대단한 것으로 알고 있습니다. 그런 스타일로 거스 그 했습니다. 별로 내 자신도 그런 것을 하는 것을 싫어했어요. 단지 내가 음악을 하니까 그 주위에서 음악을 배우고 [그래요]. 여러 사람한테 배우고 될 수 있으면 그 뒤를 따라다니고. 엊그제까지만 해도 티비에 나왔을 때, "어떤 사람하고 연주했으면 좋겠습니까?" 하길래. 내가 이야기를 했어요. 우리나라에서 재즈로 유명한 사람인 이정식 씨하고 하고 싶다고 했더니 그 이튿날 바로 방송국에서 [이정식 씨하고 연락을] 하니까 그게 되대요. 그 사람은 저하고 할 분이 아닙니다. 워낙에 유명하기 때문에. 그래 가서 착 가서 땡겼습니다(연주를 했습니다). 그 사람들도 [정해진] 시간이 있어요. 그리고 그 주인이 안 된다 이거라요. 올라가서 실수나 하고 그라면(그러면) 큰일이라고. [그래도] 일단 내가 온 거스그로서는 [연주를 해야 하지 않겠어요]. 그거는 거기 사정이고. [그리고 그 주인이] 또 나를 사랑해 줘요. 평소 때도. 그래서 거기 가서 땡겼어요(연주를 했어요). 착 부르고 쫓아 내려왔어요. 그런데 부르러 왔어요. 앙콜이라고, 그 좋은 시간을 갖다가. 그래서 앙콜을 받은 일이 있어요. 어디 그런 선배들한테 배우기를 좋아합니다. 될 수 있으면 그분들을 가까이하고.

색소폰 부는 사람들을 눈여겨봅니다. 그리고 텔레비전에서도 이렇게 하는구나 하는 것을 봅니다. 그걸 보면 이렇게 되고, 그런 것을 많이 배웁니다. 까불까불하는 것도 사실은 그런 분들한테 배운 겁니다.

카페 그런 데 다니시다가, 완전히 직장 그만두신 거는 언젭니까?
뭐 그만둔 게 아니라 그러고 계속이라요.

그럼 칠십년대까지 계속하신 거예요?
그럼요. 그렇게 하다 보니까, "우리 집에서 전속으로 일을 해주시오" [그래요]. 일반 스탠드바나, 클럽이나 [이런 데서]. 지방에도 하고 뭐, 거스그를 해요. 한 달 두 달 계약을 하고.

색소폰 연주는 좀 늦게 하신 거라고 하셨잖아요.
늦게 한 건데, 잘 못해도 그런 걸 들고 다니고, 사회를 많이 봤어요. 무슨, 노래하고 그런 것을 굉장히 많이 봤어요. 일반 가수들도 보고, 잘 알고, 노래방 손님은 무슨, 노래를 할 줄 모르니까(모르지만), 이런 노래라고 하면은 [다른] 연주하는 사람은 몰라도 나는 압니다. 노래 책이라는 것도 있는 대로 다 산 겁니다. 지금은 다 버렸지만. 공부를 하고 그랬기 때문에. 사회를 제가 길 봐서가 아니라, 하도 까불어 싸니까. 사회를 어떻게 잘해요. 열 사람이 부를 사람이 있으면 그것을 잘 소화를 시켜야 돼요. 이쪽에도 기분 안 나쁘게 잘 조절해야 하고, 기다리고 있는 사람도 기분 안 나쁘게 꽤 많이 노력을 해야 돼요.

사회 볼 수 있는 기회는 누가 주셨어요?
내가 하도 까불고 다니고, 노래도 그냥 안 해요. 잔소리를 까고 한다고요. 잔소리를 할 대로 다 하고, 노래를 부르라고 할 때까지 해요. 사실은 어릴 때부터 일반 연극이나 이런 것을 할 때에도, 내가 이야기를 하고 사회적인[84] 이런 것을 많이 했어요. 그때부터 그런 경험들을 했어요. 누가 이야기를 했는지는 모르고, 그냥 사회라는 것을 어릴 때부터 해 왔다 그런 생각을 하고 있는 거죠. 원 거스그는 색소폰이 아니거든요. 그런 경험이 많고, 이 나이에 잘한다는 것은 모르겠지만, 별로 [낯을 가리는 일이] 없었어요. 그때부터 사람들 앞에 서면 농을 잘 안 탔어요. 어떻게 해서 넘어가 버리고 그랬어요.

처음에 사회 보신 게 어디서 보셨어요?

스탠드바 그런 데서 [봤어요]. 조그마한 데도 있고. 일반 경양식이나 이런 데서 하고, 나중에는 클럽 같은 데서 하고, 그렇게 다니다 보니까 우리도 좀 봐 달라고 하고, 지방에도 가고. 그러다 보니까 와 달라고 하고. 제가 또 마술을 좀 합니다. 그거는 참, 그런 거는 우리 교회 계통하고는 [어울리지 않는 거죠]. 전현(전혀) 남을 속이고 남을 뭐하고 하는 거는 좋지를 못해요. 사실 지금이라도 준비를 한다면 일류 스테이지, 일류 방송에서 해도 참, 거의 내 생각에는 손색이 없지 않을까 생각을 해요. 그 당시에도 굉장히 어려웠습니다. 몸을 [넣고] 들어가서 몸이 세 가지로 분리가 되는 것은 상당히 힘들어요. 그런 것도 하고 해서 부른 거예요. 만능 재주꾼이라고 불렸습니다.

그럼, 어르신 기억하는 사람들이 많았겠네요.

많았죠. 아는 사람이 많죠, 지금도. 계룡산 도사라는 말을 많이 썼어요. 계룡산 도사라요. '내가 이래 봬도. 계룡산에서 십오 년, 오대산에서 십오 년, 지리산에서 십오 년 이렇게 사십오 년간을 내가 도를 닦은 사람입니다" 라고 [그랬어요]. 그래서 그때부터 알아요. 그때 칠층인가 몇 층 됐었어요. 그런데 내가 갔더니, "계룡산 도사 드디어 하산하시다" [그래요]. [웃음] 아유, 나 죽네. 칠층에서 여기까지 아이고 참, 그렇게 똘아이로 돌아다녔으니 별 거스그를 다 하고, 두드려 맞기도 많이 두드려 맞고, 이유 없이 두드려 맞고, 너무 잘난 척한다고 두드려 맞고.

누가 때려요?

뭐 주위에 깡패 비슷한 사람도 거스그 하고. 때리면 맞는 거지. 기분 나쁘다고, 눈에 거슬린다고, "왜 우리 고장에서 까불러" 그러면서 한 대 때리면 팍 꼬구라져야지 버텼다가는 [큰일 나요]. [웃음]

사회 보실 때는 복장이 어떠셨어요?

복장도 그때도 화려했을 거예요. 그때는 텔레비전 일반 출연보다 더 화려했을 거예요. 대단히 거기에 신경을 썼어요.

옷은 어디에서 사셨는데요?

그거는 전문으로 한, 연예복을 만드는 데가 있습니다. 그거는 중년의 일이지만은 서울 뭐어, 바로 이 옆에 나갈 것 같으면은 탑골공원 바로 건너편을 보면은 '노벨 연예복' 하고 있어요. 지금도. 다 그 친구도 캬바레에서 상무도 보고, 사장 비슷하게도 하고. 그런 사람들이 다 그런 거 하는 거예요.

노벨 연예복 사장님은 잘 아시겠네요?

음. 아마 알 거야. 중년에 몇 벌을 했어요. 파랗고 희고 그런 것을. 그 이후에는 영 그런 것을 하기가 부끄러워서 안 했어. 얼마 전까지도 내가 그런 것을 했어요.

그럼 사회 보신 게?
중년, 한 사십대 그런 게 많아요. 처음이 아니고.

용좌 나오고 사회 보신 게 거의 사십대쯤 되신 거죠?
그렇죠. 그 정도 되죠.

그때도 모자 쓰셨어요?
음. 그때도 모자 썼는데, 그때는 이 모자가 아니든가…. 내가 이런 쓰봉(바지)도 흰 것도 있었고, 파란 것도 있었고, 빤짝이도 이런 보통 빤짝이가 아니라 연예복 하는 데서 제일로 멋있고 반짝거리는 걸로 [했어요]. 너무나 야하다고 그러면, "야하고 그런 것은 내가 알아서 할 테니까 이걸로 해주시오" 그러고.

비쌌을 거 아니에요?
비싸지. 보통 옷보다는 비싸지. 그런 것을 했고, 뭐. 옛날에는 옷이 너무 비싸서 옷을 싸 가지고 다녔어요. 그래서 그 안에서만 갈아입고.

사회를 본 곳 중에서 기억에 남는 곳이 있나요?
중년에는 '탈렌트클럽'이라고, 거기는 변두리라요. 퇴계원 '탈렌트클럽'. 거기는 탈렌트(탤런트)가 영업을 하는 곳이에요. 그때는 아마 이정웅[35] 씨가 했을 걸요. 음. 그건 아마 탈렌트 이사일 거예요. 거기서 사회도 보고, 문지기도 하고, 나발도 불고 그래서 내가 탈렌트들을 거의 잘 압니다. 그 사람이 굉장히 파워가 셌기 때문에 탈렌트란 중년 탈렌트는 거의 다 왔어요. 거의 왔기 때문에, 와도 지금은 없어졌지만, 탤런트하고 사진도 많이 찍었어요. 옛날에 살던 집에는 있었는데 많이 없어졌어요. 사극에도 많이 나오고, 김재형이가 감독했던 뭐지, 최수종이가 했나, 왕건인가? 그때도 거시기가 나왔어요. 그때도 이정웅 씨가 나왔어요. 너무 오래됐기 때문에 이정웅이는 뭐 누구나 알지요. 이사인가? 아마 제대는 안 했을 거요 [웃음]

'탤런트클럽' 에서는 정해진 시간이 있으셨어요?

처음부터 끝까지 보는 거죠. 손님 있을 때는 거의 보죠. 손님 없을 때는 문지기도 하고, 수금도 하고, 손님 오시라고도 하고 여러가지로 그쪽에 있고 히면은 그런 분들하고 접할 기회가 많고 [그래요]. 같이 다니면서 탤런트들하고 공연을 많이 했어요. 이런 행사를]. 고정적으로 어디 가서 그런 행사는 어려웠죠. 이야기나 하고 두세 시간 하고 끝내고 그랬죠.

이런 데 다니실 때는 잠은 어디서 주무셨어요?

잠은 거의 내가 집에를 들어가지를 못했어요. 그래서 자연히 멀어지게 되고, 돈을 못 갖다주기 때문에 나에 대해 의지할 수 있는 이런 것이 못 됐어요.

'탤런트클럽' 에 오래 계셨나요?

네. 오래 있었죠. 참 나를 좋아해 주시고, 가끔 방송국에 갈 것 같으면 그분이 악수도 하고, 인사도 다정히 해주시고 그래서 좋았습니다. 옛날에는 모 국장, 모 탤런트 그런 분들도 참 많이 알았었는데.

규모는 컸나요?

대부분 그 근처에 모실 수 있는 규모는 돼요. 일반 스탠드바 규모는.

이때가 칠십년대인가요?

퇴계원은 그렇게 오래 안 됐어요.

팔십년대요?

음. 그런가~, 그 정도 된 것 같아요. 그때는 클럽 하면 [그 근처에서는] 그게 제일 컸어요. [근처에] 아파트도 있고. 건너편에 몇 개 있더라고요. 건너편에 보니까. 주위에는 없었고.

시장도 그때 있었나요?

시장[은] 없던데요. 그때 시장 볼라면 서울로 나와야 할 거예요.

지금 퇴계원역 바로 앞이라는 거죠?

퇴계원역 바로 앞에 있어요. 지금도 몇십 년이 됐습니다만, 지금은[86] 김하림인가 점백이 [그 사람도 했어요]. 그때 하다가 지금은 딴 사람이 했어요. 계속해서 연예인들이 했어요. 무슨 클럽일 거야. 제 일종으로 알고 있어요. 지금도 하는 모양이라. 서빙 한다고 하고 뭐 하고 그러니까.

7. 야시장 바람잡이

맨 처음에 유랑극단 같은 데를 따라 다니시던 때가 언젠가요?
거기 부산에 있을 때부터 따라다녔어요.

아, '햇님국극단' 이요?
그거는 해방 전이기 때문에 그거는 상당히 됐죠.

그때부터 따라다니신 거죠?
하믄, 단원도 아니라요, 그냥 따라다닌 거지. 누나 뒤에 따라다니면서 심부름하고 그런 것이지. 그렇게 따라다니니까 심부름 주위에서 조금씩 주고. 난 그렇게 아름답지를 못해요. 그런 데서 그렇게 고생하고 빗자루로 두드려 맞고, 여관비를 못 내서 도망을 가다가 붙들려 가지고 두드려 맞고, 남이 안 죽을 만큼만 밥을 주면 대표들이 와서 끄집어내 오고… 나는 참 어릴 때는 조금 잘살아 오고 그 다음에는 다 힘든 생활이에요.[87] 아이고, 참 비참해서…. 이렇게 다니다 보니까 어떤 때는 식당일도 근무할 수 있고, 남의 집에 심부름도 하고, 어떤 때는 스탠드바 같은 데에서도 일을 하고. 뭐 음악이 있는 곳에서 근무를 했어요. 음악을 배울라고. 내가 뭐 일반적으로 고생을 할라고 하는 것이 아니라. 내가 큰일[88]을 못해요. 벽돌을 쌓는다거나 그런 일을 못해요. 힘이 약하기 때문에. 남에게 얘기를 못할 이런 일을 해 왔기 때문에, 남한테 이런 얘기를 못해요. 옛날에 유랑극단에서 살던 시절이 내 생애다 이거야. 떠돌이들. 그때나 지금이나. 지금도 내가 사람이 덜 됐어요. 지금도 흥청망청 늘 이렇게 다니고, 뭘 모아 가지고 이렇기보다는 내가 하루에 생애를 보낼 수 있으면 그렇게 살고. 내가 뭐 크게 살 주제도 못 되고, 늘 내가 색소폰을 불면서 보내고 옷도 내가 이 한 벌밖에 없어요. 신발도 이거 하나입니다. 늘 하나에요. 이 모자도 한 십 년 됐어요. 이 옷도 청계천 팔가에서 샀어요. 이런 신발도 청계천 팔가에서 샀지. 섹스폰도(색소폰으로) 〈목포의 눈물〉 〈알뜰한 당신〉 이미자 씨 노래 〈그리움은 가슴 아파〉 〈동백아가씨〉 이 네 곡 부르고 이 신발도 얻었어요. 그래서 나는 이 모자를 십여 년 가까이 이거 하나를 가지고 썼습니다. 그때도 누가 쓴 거였어요. 한 십여 년 쓴 모양이에요. 그럼 한 이십 년 됐죠. 이 구멍도 나고 [그랬어요]. 내가 그렇게 현실에 만족해요.

유랑극단을 따라다닌 계기가 있었나요?

네. 제가 따라다닌 것은 누나가 연극·영화를 하기 때문에 그게 계기가 돼 가지고, 어릴 때부터 연극을 먼저 하고, 맨 처음에는 어린 역할을 하다가 또 몸이 커 가지고는 학생 역할을 하고, 조금 있다가는 고등학교 거스그를 하다가, 이제는 어른 역할을 하게 됐어. 그것은 매년 두 번을 연극을 합니다. 어느 때 하는고 하면은, 겨울하고 여름방학하고 시간이 다 학교를 가고 그때밖에 없기 때문에 일 년에 두 번은 언제나 공연이 있었고, 어느 때는 세 번[도 했어요]. 그때는 신정에는 안 했습니다. 구정에 해 가지고, 일 년에 세 번씩은 연극을 해 가지고, 별모레는 구정입니다만, 구정에 할 때는 굉장히 추웠습니다. 그때는 일반 큰 학교 같은 데는 잘 안 빌려 줬어요. 그래서 가설무대를 꾸몄습니다. 그래 가지고, 춥고 이렇게 하고…. 그렇지 않으면 어느 큰 성당이라든가, 공회당이라든가 이런 것을 빌려 가지고 거기서 하고 그랬습니다. 너무나 적으면은 그것을 할 수가 없기 때문에. 그렇게 하다 보니까, 이게 그, 무슨 연극·영화·써커스 이런 게 들어올 때마다 거의 다 봤어요. 어떻게 해서 누군가를 조르든가 그렇지 않으면은 참, 돈을 어떻게 마련해서라도 연극을 보고 했습니다.

그래서 그때에 극단 같은 것을 구경을 하다가, 누나 공연하는 곳을 많이 갔어요. 부산에서 제일 초대에 '햇님국극단'이라는 국극단이 있었는데, 그때 초대 회장이 이해랑 씨, 김동원 씨, 돌아가신 최남현 씨가 있었고, 주증녀 씨, 조미령 씨는 그 뒤에 합세했습니다.[89] 하여튼 그때부터 연극·영화·써커스 [같은 것을 따라다녔어요]. 그때는 그렇게 무성영화가 많았습니다. 그 변사 허허. 무성영화가 뭐냐면은 마이크를 변사가 두 개를 놓고 합디다. 여자 역할도 하고, 여자는 이쪽에 이렇게 하고, 이쪽에 와서는 남자 역할을 하고 하는데, 그때가 아니면은 변사 역할을 하는 것을 볼 수가 있어야죠. 요즘 변사 비슷한 걸 보기는 합디다만, 그런 영화나 그런 것을 따라다니다 보니까, 그런 방면으로 따라다녔어요. 공부는 별로 못했어요. [웃음]

그런데 햇님국극단은 전쟁 전에 만들어지잖아요?

그 뒤에는 요만한 이름이 없는 가설극단이라고 있습니다. 그런 데 따라다녔어요. 뒤에 따라다니면서 심부름하고, 세트 짓고 다니고, 조그만 일은 다 했어요.

그거는 이름이 없는 극단이었어요?

하믄요. 전현(전혀). 이름도 잊어버렸어. 이름이야 있었지요. 근데 무슨 이름인가 모르겠어.

그럼, 그때 기억나는 분들 이름은 없으세요?

없고, 어느 때는 야장사도 뒤에 따라다니고, 그 약 있지 않습니까, 동동구르무. 그 구르무 선배님이 지금도 계시더라고. 발로 탁탁 치면서. 그 당시에부터 제법 뒤에서부터. 그분이 한 지는 제법 오래됐습니다, 동동

구르무 한 지는. 그 뒤에서 심부름도 하고 그랬습니다. 우리나라에서 원로입니다. 탕탕 치면서 허허.

지금도 계세요?
하믄요. 우리랑도 가끔 공연합니다.

어디 계세요?
어디 있는지는 [잘 몰라요]. 지난번에도 공연을 하는데 그때 나왔어요. 탈렌트도 나오고. 그렇게 공연을 해 놓고는 약을 꺼내 놓더라구요. 참 곤란해요. 그런 데를 몇 번 갔습니다. 약장사라고 할까. 탈렌트도 나오고, 최무룡 씨 뭐 많이 나왔어요.[90] 좋지 않은 이야기도 있었어요. 왜 좋지 않냐면 할아버지, 할머니밖에 안 나와요. 젊은 사람들은 안 오지. 그래 가지고 공연을 해 놓고는 물건을, 이십구만구천원 [그래요]. 그러면 삼십만원은 아니거든요. 그걸 갖다가 노인들이 사. 그거를 거스그로 갚아야 돼. 월부로. 나중에 보면은 먹는 사람도 있고, 어떤 사람은 귀찮다고 집에다 함부로 놔둬 버리는 사람도 있고, 가지고 오는 사람도 있고. 받는 방법에 대해서는 잘 모릅니다. 그걸 그렇게 장사를 해 놓고, 그 카드를 갖다가 또 다른 사람한테 넘긴대요. 그럼 그 카드가, 카드를 가지고 장사를 하는 사람들이 있대요. 말하자믄 좀 그런 사람들은 악랄하게 받는 모양이라요. 우리는 모른다. 카드에 대해서는 잘 모르고, 그래 가지고 조심을 해라고 그런 적이 있습니다.

그게 언제쯤?
얼마 안 되죠. 한 몇십여 년밖에 안 돼요. 그거 하고 나서는 좀 주춤했었는데. 지금도 합니다. 내가 얼마 전에도 다녀왔습니다. 연애인들은 뭐,

각설이~, 나하고 비슷한 친구들이라. 일반 그 중년 가수들이라. 일류 가수들은 데려올 수도 없고, 갈 수도 없고. 그래 가 보니까 침대를 놓고 팔더라고.

아, 옥돌침대!

응, 이렇게 허리 아프다고 이렇게 두드려 놓고는…. 근데, 참 영 안 좋더라고요. 안 좋고. 또 내가 그 내용에 대해서는 전혀 모릅니다. "여기 와서 좀 봐 주십시오" 하면 가는 거지 그런 것은 잘 몰라요. 그래 가 보면 낯이 좀 뜨거울 때도 있고. "그분은 참 좋은 일을 많이 하신 분입니다. 탑골공원에서두 그렇고, 일을 하시는데, 이 사람이 어려운 사람들을 위해서 남는 돈은 그리로 전부 다 갑니다" [하고 제 소개를 해요].[91] 그런데 저는 들어 본 적도 없고, 물건을 피알을 할 때 좀 그렇더라구요. 그런데 어떻게 [해요]. 가만 듣고만 있어야죠. 그런 것이 한참 성할 때는 대단했습니다. 그런데 요즘에는 경제가 좀 뜸해져서.

가설극단을 따라다닐 때 특별히 기억나는 일은 없나요?

옛날에 볼 것 같으면 야시장이라는 것이 있었습니다. 저 들판에다가 집을 지어 놓고요, 이런 의류, 또 신토불이 이걸 해 놓고는 [물건을 팔아

구술자가 출연하는 행사
팸플릿. 1070년대부터
야시장에서 바람잡이를
했다. 지금도 행사장에서
손님들의 흥을 돋우는
일을 하고 있다.

요]. 그러면 이것(색소폰)을 불어 제껴요. 거기서 하는 일이 무엇인고 하면은 일단은 제일 소리가 크니까 문 앞에 있어요. 이래 하다가 한참 중견 연애인들이 있고 하면은 같이 싸여 가지고 나발도 불고, 그런 것이 아직도 남아 있습니다. 지금도 서울노인복지회관에 며칠 있으면 가서 불어야 합니다. "뭘 하십니까?" 하니까 바자회를 한다고 합니다. 뭐 신토불이, 옷 같은 거. 원래가 무료공연에 그런 것을 가는 데 모토로 했기 때문에, 그런 데를 갈 때에는 좀 그래요. 어느 때는 그렇게 할 때는 주최가 노인복지회관일 때는, 그런 데는 회장은 또 따로 있습니다. 또 주동하는 주체가 있어요. 그런 사람이 어느 때는 돈을 좀 줄 때도 있어요. 그럴 때는 대빵이 있기 때문에, 그런 야시장에서 돈을 안 줄 것 같으면은 우리는 또 안 돼요. 그러면 또 안 되는데, "내일 줄게요" 그러는데, 우리는 밴드랑 가는데, 일주일, 보름 그렇게 가도 안 줄 때가 있어요. 그런데, 우리가 [묵고 있는 여관에] 들어가면은 "오늘도 여관비를 안 가져왔네요" 그래요. 그래 가지고 망했어요. 망했어. 망했으니 누가 붙어 있겠어요? 사장도 도망가고 그 주위에는 사무급도 아닌데, 부장 무슨 상무 다 도망가 버리고. 장사하는 사람밖에 없어요. 그러니 뭐…. 또 거스그 있어요. 등치가 이런 사람이 몇 와요. "우리가 여기 봐 줄 테니, 끝날 때까지 봐줄 테니 얼마 내시고" 그래. "그렇게는 못 주겠다"고 그러니까, "그럼 여기서는 장사를 못하겠습니다" 그래. 그래 가지고 백만원이나 준다고 하고 한단 말이야. 그러면 좀 봐 줘요. 우린 뭐 잡혔어요. 돈은 다 떨어졌지. 근데, 어디 장사하는 집에 가서 먹으래요. 밥을. 일반 연애인들이랑 밴드들. 근데 돈이 다 떨어지고, 안 되겠거든. 그럼 우리 튀자 [그래요]. 그러면 아침 일찍, 그때 한 일곱 명인가 됐어. "그럼 가자" 해서 [나가요]. 그럼 우리가 동작이 얼마나 빠릅니까. 제일 먼저 밴드 마스터가 빠져나갔어요. 그 다음에 내가 싹 빠져나갔는데, "저놈 잡아라" 해서 다섯 명인가 딱 걸렸어요. 이틀 만인가를 참, 안 죽을 만치만 먹을 걸 주고, 가둬 두고 [그랬어요]. 그래야만 돈을 받지. 그래도 돈은 못 받아요. 떠들기는 다 떠들어 놓고. 그래서 또 우리가 전에 그 대빵하고 연락을 해서 돈 가져가는 건 없어도 그건 빼 줘야 되는 거 아닌가 해서 가서 빼 가지고 오고 했어요. 그런 생애를 하다 보니까, 그런 것이 한두 번이 아니라요. 하다가 중단을 하고, 그러다 싹 와서 부숴 버리고…. 뭐, 깡패가 와서 어떻게 됐는지 백만원을 안 줬던 모양이라요. 싹 부숴 버리고, 경찰도 말을 못하고, 신고를 해도 쓸 데가 없고. 그래 가지고 확 뒤집어 놔 버리니까 할 수가 없어요.

서커스단은 많이 따라다니셨어요?

뭐, 몇 년간 띄엄띄엄해서. 상당히 몇 년은 됐을 거예요. 거기 가서 마술, 북치는 거, 줄타는 거, 뭐 이런 거[를 했어요].

줄을 타셨다구요?

네. 그래서 마술도 지금은 가끔 이런 행사가 있을 때 합니다. 근데 그거를 할라믄 돈이 좀 들어요. 제가 주로 하는 것은 거 인물 [마술이에요]. 이런 궤짝에 들어가요. 그러면은 딱 몇 분 지나서 나는 색소폰을 불고 들어와요. 밖에서. 그럼 여자분은 여그서, (잠시 생각하다가) 남자든가…. 이 궤짝에서 나와요. 이것을 제가 오랫농안 했습니다.

색소폰 부신 다음에 하신 거예요?

색소폰 분 다음에는 어느 정도 나이트나, 이런 조그마한 스탠드바나 이런 데서 하는 거지요. 그 전에는 이런 가설극단이나 이런 데서 연습 삼아 하고, 정식으로는 이런 데서 색소폰을 불고 나서 좀 했어요. 그 이런 하나의 통이 있어요. 내가 딱 들어가서 하나, 둘, 셋으로 톱으로 이렇게 썰 것 같으면, 내가 세 동강이가 나와. 이렇게 굴러다니기도 하고, 그러면 아주, 크면 클수록 재미가 없잖아요, 아주 작아요. 내 몸도 그렇고. 몸의 분리 마술[이에요]. 그런데 내가 그런 것을 별로 좋아하지 않아요. 그런 것을 할라면 기구가 보통 돈이 많이 드는 것이 아니에요. 그 기구가 그때 돈으로 한 백오십만원 [정도 됐어요].

어디서 사셨어요?

청계천에서 [샀어요]. 쇠로 용접하고 그런 곳이 아니면은 할 수가 없어요. 그러면은 이렇게 짤라져서(잘라서) 딱 붙이면은 거스그 있어요. 방법이 한쪽은 이렇게 접속이 돼 가지고 있는데, (둘로 자르는 시늉을 하며) 이렇게 하면은 짤라지는 거하고 똑같거든. 그런 스타일로 해 가지고, 어느 때는 좀더 스릴 있게 한다고, 이 세 군데를 분리를 해 가지고 (붙이는 시늉을 하며) 나중에는 이렇게 해 가지고 붙여요.

조수도 있으셨어요?

하믄요. 남자가 할 수도 있고, 여자가 하면 더 좋아요. 하믄 여자가 있었으면 좋지. 원래 그렇게 할 때에는 옷을 짧게 입고.

그럼 고용을 하신 거예요?

그럼, 그때는 내가 일하는 거니까. 조금만 설명을 하면은 다 되거든요. 할 수가 있어요. 그 집에 있는 아가씨들한테 시켜도 되는 것이고, 그 내가 잘하는 것인가, 그 기계가 잘하는 것이지. 지금 봐도 내가 몸이 이라기

(이렇기) 때문에[92] 지금 그 공연을 한다고 해도 뭐 거의 상당히 이상하다 생각할 수 있는 그 뭐 [그런 거라요].

그 기구는 파셨어요?

그 판 게 아니라 가게에다 놔두고 미처 가져오지를 못했어요. 지방이 그런 것은 훨씬 잘 먹혔어요. 그런 것을 잊어버릴(잃어버릴) 수도 있고, 어떤 때는 [후배들이] 자기가 한다고 해서 좀 주고. 그걸 줬는데 후배 몸에 맞질 않아요. 될 수 있으면 몸에 딱 맞아야지 헐렁하면 잘 맞지 않거든요. 잊어버리기도(잃어버리기도) 하고 다시 맞추고 [그랬어요]. 맞췄는데 또 다시 만들라고 하니까 [만드는 사람이] 어디 일산을 가 버렸어. 이무도 못 만들어요. 견본을 보여주고 다시 설명을 질힐라고(한다고) 했는데 잘 못 만들어요. 다시 할라고 했는데 그만 기구 관계로 해서 그걸 그만 안 했어요. 별로 거스그도 없고, 그게 방송국같이 잘해 놓으면 모르지만 이런 가설 극단에서 이런 것을 할라고 하면은 여러가지로 불편해요.

나이트나 이런 데서 공연하실 때에는 돈을 좀 버셨겠네요?

하믄요. 계약을 해 놓고 하는 것이기 때문에.

기억나는 곳은?

여기 변두리라요. 퇴계원, 수원, 오산 또 이런 의정부 쪽 이런 데서 일했지. 서울 복판에는 들어오지 못하고 [그랬어요]. 일 개월이나 이 개월 정도 일하면 수입이 뭐, 그냥 거스그하게 지낼 수 있게끔 줬어요. 식사랄까 이런 것을, 여관 이런 것을 거기서 대 주고 [그랬습니다].

팔십년대였겠네요?

음. 그쯤 됐을 거다. 그래서 충주도 갔겠구나. 뭐 사과 한 궤짝을 샀어요. 그놈을 다 먹고. 어떻게 다 먹었나 하면, 다 썩었어요, 그냥 이렇게 살아요. 한 궤짝에 삼천원, 아니면 천원이면 천원, 이렇게 사면 한 삼분의 이는 짤라 버리고, 삼분의 일만 먹는 기라요. 쓰레기가 더 많아요. 그 여관 주인한테 꾸중도 듣고, 여러가지로 참 그런 점이 많았어요.

색소폰 잡기 전에는 다른 악기는 안 하셨어요?

악기는 전문적으로 안 하고 노래를 거의 했을 거예요. 노래를. 그리고 사회를 내가 오랫동안 봤습니다. 사회를 내가 상당히 초창기에 봤고, 우리나라에 가라오케를 수입을 할 때, 내가 알기로는 그것을 우리나라에서 최초로 시도를 했나 생각을 합니다. 가라오케를 처음에 들여올 때에 가라오케 초창기에 그 팔 트럭(트랙)이라고, 지금은 사 트럭이라고 하는데, 그 팔 트럭, 그거를 가지고 노래를 입력을 해 가지고, 사실은 그거를 일본에서 사용을 합니다, 그거를 내가 운영을 했어요. 물론 내 운영은 아닙니다만 여러 군데 들고 다녔어요. 서울 변두리에서 이렇게 끌고 다닐 때도 있어요. 무대 위에서 이렇게 해 놓은 곳도 있고, 룸에서 하는 데는 룸으로 이렇게 끌고 가고 이렇게 했어요. 무슨 노래 해 달라고 하면, 그때는 반주가 없었어요. 그냥 이렇게 틀어 주기만 하면 되니까. 그래서 처음에는 팔 트럭으로 하다가, 다음에는 사 트럭 이렇게 비스무레하게 나오다가, 이렇게 엘피판 엘시판 이렇게 나오더라고. 요즘에는 이렇게 조그마한 것으로 [많은 곡을 담지만 그때는] 얼마 안 됐어요. 뭐 이백여 곡이나 됐을까 그랬어요. 요즘은 뭐 만오천 곡, 이만 곡 [돼요]. 하지만은 고렇게 하다가, 전자시스템으로 하다가, 이렇게 되다가, 그렇게 짧게 인기가 있었습니다.

그게 색소폰 불기 이전이네요?

그렇죠. 근데 그때도 내가 색소폰 이렇게 좀 불었었어요. 그때는 이렇게 전자 올겐이 유행할 때도 아닙니다. 그렇게 일본 갔다 온 사람이 한 번 해보라고 해서 [했어요]. 일본에 가 보니까 아주 좋다고 하더라고. 근데 뭐 아무도 하는 사람이 없었지. 그래서 가 보니까 기계가 그때는 아주 커요. 요즘 뭐 이만하지만 그때는 기계가 상당히 컸습니다. 이제는 발전이 되고 하니까 조그만한데, 그때는 이렇게 컸었어요. 그렇게 했었는데, 참 가라오케는 내가 초창기에 이렇게 한 것 같습니다.

그 사장님이라는 분이 친척분이었나요?

아니 친척은 아니고, 그분이 아마 돌아가셨는지 안 돌아가셨는지 모르 겠습니다. 뭐 이렇게 다니다가 일반 사업하는 데 돌아다니다가 만나서 [알게 됐어요]. 일본 계통에서 일본말도 잘해요. 뭐 나는 특별한 사업이 라는 것도 없어요. 그 사업 관계도 아니고 뭐 다방에서 이야기를 하다가 그런 이야기가 나와서, 팔 트럭 그런 기계를 구해서 [사업을 했어요]. 그 때는 우리나라에 그런 기계도 없었어요.

그럼 그때는 일본에서 사 오셨나요?

아니, 일본에서 직접 사지는 못했습니다. 그거를 거스그 해 가지고, 제 가 자세히는 잘 모르겠어요. 곳곳의 전자 상회에 다니면서 그런 것을 물 으니까, 우리나라에는 그런 것 없습니다. 그러다가 모 어디에서 청계천 쌀가는 아닐 거야.

그럼, 청계천에서 구하신 거예요?

그럼. 그때는 전자상가는 낙원상가보다는 청계상가, 세운상가 일층

종묘공원 앞 광장에서 거리
공연하고 있는 모습이다.
그는 색소폰으로 흘러간
대중가요를 연주하여 이곳에
모인 노인들의 관심을
한몸에 받고 있다. 때로는
노인들과 함께 몸을 흔들며
춤을 추기도 한다.

저녁 7시 무렵 광장시장에서
공연하는 모습이다. 그가
연주를 할 때면 시장 안에서
음식을 먹고 있던 손님들이
그에게 돈을 건네주기도
한다. 그 돈으로 구술자는
약을 사거나 잠자리를
마련하는 비용을 충당하며,
가끔은 자신보다 어려운
처지에 있는 사람들에게
나누어 주기도 한다.

거기가 제일 많았어요. 지금도 노래방 기계는 거기가 제일 많을 겁니다.

그때는 칠십년대 정도 되나요? 박정희 대통령 살아 있을 때?

네. 아주 뭐 초창기라고요, 우리나라에. 아, 그때 참, 내가 그때 조금 자본이라든가 경제적인 여건이 있었다면은 뭐라도 음악 계통으로 크게 하나 했을 거예요. 녹음기로 거스그 한다던가, 작곡으로 뭘 한다던가, 밴드 마스터를 한다던가, 학원을 한다든가 그런 것을 시작을 할 수 있었을 거예요. 그런데 마음밖에 없는 것이겠지.

야시장이나 이런 데 따라 나오시게 된 동기는?

내가 그 음악을 좋아하고, 그때도 악기를 들고 일했기 때문에 [그런 겁니다]. 내가 그때는 많은 악기를 다루고 하지는 않았습니다. 결혼하고 나서는 형편이 거스그 좋지를 못했습니다. 그래도 그때 잘못이 내 주장만 내 생각만 가지고 내 가족을 돌보지를 못하고, 그 방향으로만 나가게 됐어요. 그때는 방송에 나갈 수 있는 처지도 못 됐고, 그래서 이런 일반 식당에 가서 일을 하고, 경양식이나 웨이타 밑에서 일도 하고, 그러다 보니까 악기 같은 거 이런 것은 수시로 불고, 그 장소에서도 불고, 그 집에서 오래 있지 못하면 딴 집으로 가고, 시간이 좀 있고 하면은 야시장 같은 데 가서 나발도 불고 여러가지를 했어요. 거기서 조그마한 생활비도 하고, 그때도 거의 집에는 갖다주지를 못했습니다. 가장이라고 할 것 같으면 집안을 돌봐야 하는데 그런 것을 하지를 못했습니다. 자연히 그래서 싫어하게 되고, 아들, 딸들도 자연히 싫어하게 되더라구요. "직장을 한 번 다녀 보시오" 하고 소개를 받았었는데 내가 거기를 안 갔습니다. 옷도 좋은 옷을 사서 주면서 이걸 입고 부디 거스그 하라고 [그래도] 여인숙이

나 이런 곳에서 자고 집에도 안 들어가고, 그래서 집을 등지게 되고, 떠돌이 생활이 되고, 그러다 보니까 길거리를 다니게 되고, 그래서 잔심부름을 하고 다녔지. 고정적인 직장 생활을 하기가 싫었어요. 그 집⁹³⁾에 들어가면 어디서 똘마니로 다니고, 손님이 있어도 크게 떠들고, 녹음 테이프도 크게 틀어 버리고 하니까 누가 좋아하겠어요. 그래서 떨려 나고 [그랬어요]. 이 악기도 [마귀] 만지고, 드럼도 만지고, 아코디언도 이렇게 만지고 이래 하니, 그렇게(어떻게) 좋아하겠어요? 어디 한군데 붙어 있을 그런 게 못 돼요. 대우를 못 받아요. 그때부터 떠돌이 생활이 되다 보니까, 그래서 길에서 누가 백원이면(백원을 주면) 백원으로 먹고 지나고, 이게 활발하고 좋고, 더 기쁘고, 나같이 이렇게 활발하게 다니는 것이 [좋고] 저 사람이 큰 집을 가지고 있어도 전혀 부러운 마음이 없고 그렇기 때문에 내가 떠돌이를 갖다가 몇수십 년을 떠돌이로 다녔습니다. 그래서 그동안에 그런 사연이 얼마나 많았겠습니까. 그 내 [야시장 같은 데를 나간] 동기가 [이렇습니다]. 이렇게 한 곳에 앉아서 있을 것이 아니고 이렇게 영화나 연극을 보는 것을 좋아했지, [정착]하는 것을 해보지는 못했습니다. 할 수도 없었고. 나는 사실 어릴 때부터 연극을 했었습니다. 그래서 내가 원래 이런 떠돌이 생활을 좋아했기 때문에 이렇게 떠돌이 생활을 하게 돼요.

8. 거리의 악사

요즘은 주로 거리에서 공연을 하시나요?

내가 늘 매일 두시에 [나옵니다]. 오늘 좀 늦었습니다. 여기 종묘공원에 나와서 사십 분 동안 [공연을 합니다]. 매일 두시에 여기 종묘 공원에 나옵니다. 처음에는 탑골공원에서 했습니다. 탑골공원에서는 삼일절 행사를 제외하고는 거기서는 무슨 행사를 못합니다. 그렇기 때문에 종묘 공원에서, 제가 알기로는 여기에 많이 노인들이 나오십니다. 요 근래에는. 요 탑골공원에서 살기는 한 이십 년 조금 넘었습니다. 색소폰 분 지는 얼마 안 됩니다. 한 삼십 년 정도. 지금은 고인이 되었습니다만, 이봉조 씨 이분들은 주로 테너를 주로 불었고, 그분들이 살아 계실 때, 이봉조 씨, 길옥윤 씨, 엄토미 씨, 그분들한테 많이 사랑을 받고, 지금은 색소폰을. 이정식 씨라고 나이는 얼마 안 되지만은 재즈니 일반 음악에 대해서는 상당히 [뛰어난 분인데] 텔레비도 많이 나오시고, 제가 그분한테 많은 지도를 받고 있습니다. 그분이 나이는 적지만은 미국에서 공부도 많이 하고, 개인적으로도 많이 연구를 하시고, 우리나라에서 거의 일인자라고 해도 과언이 아닙니다. 재즈에 대해서는, 지금 수원여대 교수입니다, 그분에게 지도를 받고 있습니다. 낙원동에 매일 나오십니다. 악기 때문에. 자기 악기도 손볼 때가 있지만은 자기 제자들 악기를 손보기 때문에 꼭 하루에 한 번씩은 거기에 오시죠. 거기 나가서 내가 나이는 많지만, 그분들은 그래도 외국에서 공부를 하고 [했으니까 많이 배우고 있습니다]. 요즘 곡은 [제가] 잘 못해요. 요즘 노래는 어떻게 하는가, 재즈는 어떻게 하는가, 이런 것 있잖아요. 많이 공부하고 있습니다. (잠깐 이야기를 멈추고 가방을 열어 보이더니) 내가 좀 뭐라고 그럽니까. 상당히 거슥한 일이 있습니다. 시에프 모델 이런 거를 가지고 다니다가 노인들한테 잘 보입니다.[94] 노인들 가만히 앉아서 이런 거 볼 거 아닙니까. "그런 사진 뭐 하려고 그래." 그런 사람은 곧 갑니다. 어떤 사람들은 이래 앉아 있다가 도 이걸 보여주면 벌떡 일어납니다. 내가 여기 이십 년간을 다닌 사람입 니다. 내가 이런 얘기를 했습니다. 노인이 이렇게 뙤약볕에 앉아 있어요. 그래서 "이봐요, 아저씨 저기 그늘에 가서 앉아 계세요" 얘기를 했어 요. 그러니까, "아이고 뭐, 조금 있으면 해가 넘어갈 텐데. 참! 내가 마음 에는 그늘로 가고 싶은데 몸이 말을 안 들어. 조금 있으면 해가 넘어가면 은 시원해질 거 아니야" [그래요]. 해는 중천에 있는데. 노인이 돼 보지 않은 사람은 모릅니다. 이런 사진이 딱 나올 것 같으면 대번에 내가 탁, 최지, 왜 이런 것을 거시기 할 것 같으면, 이게 요즘 배용준하고 많이 보 도가 돼요. 일반 사람이라도 노인도 그렇고, 젊은이도 그렇고 딱 보여줍 니다. 노인들은 '다 늙어 가지고 그런 걸 가지고 다니냐'고 [그래도] 이 런 걸 가지고 다녀야만이 치매를 잘 안 걸린다는 거야. 그래서 이런 것을 내가 많이 가지고 다닙니다. 내가 영양 거시기를 안 합니다만은[95] 조그 마한 거스그를 내가 먹습니다. 이것은 종로 오가에 가면 있어요. 내가 그 익모초라는 것을 이렇게 담을 것 같으면 경동시장에 가면 오천원이라. 그리고 치매 예방으로 '배치니'라고 있는데, 치매 예방으로 먹습니다. [건강이란] 자기가 알아서 해야 할 것 아닙니까. 그래서 내가 늘 먹고 그 랍니다. 옛날에는 모든 남자들이…. 외람된 말입니다만 요즘에는 남자 들이 비아그라 같은 것을 많이 먹고 그럽니다만은 현재의 실질적인 생활 에서 그런 거지요. 그래서 이 약은 참 좋대요.[96] 그래서 노인들은 종합비 타민을 먹어야 된다고 그래요. 그래서 하루에 얼마씩은 먹어요. 내가 다 섯 가지를 먹어요. 이런 것은 내가 필요 있으니까 가지고 다닐 거 아니에

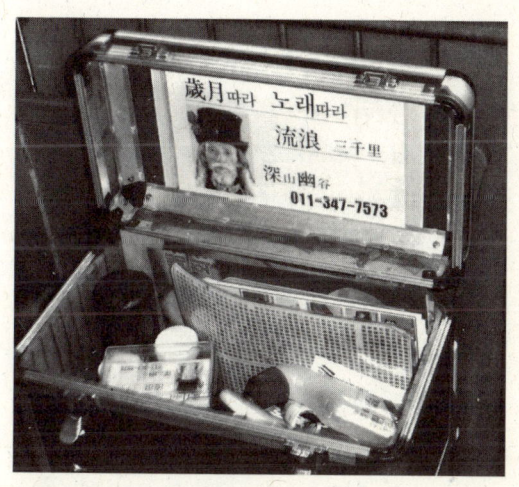

構술자가 들고 다니는 가방이다. 가방 안에는 구술자가
상복하는 약이며, 노인들에게 보여주기 위해 마련한
여성 연예인의 코팅 사진 같은 것들이 들어 있다.
그리고 자신의 공연 일정을 적어 놓은
노트도 한 권 들어 있다.

요. 나이가 많으면 습기가 없어요. 너무 건조해. 그래서 크림을 이런 데 바르면 조금 나아져요. 그래서 여기에 일반 상비약 같은 거 이렇게 다니다 보면 다치고 하니까, 몸이 약해서 잘 다쳐요. 그래서 이렇게 다치면 그 자리에서 그때 바르는 것이 제일로 응급치료가 됩니다. 그래서 치료를 하고 다닙니다. 그리고 제가 목을 많이 씁니다. 그래서 홀스를 먹어요.

종묘공원 말고 다른 데는 안 가세요?

네. 어제도 어디를 갔냐면은 노인 캬바레 개업식 하는 데를 갔습니다. 내가 물론 거스그를 합니다. 색소폰도 불고 합니다. 색소폰을 한 세 곡 하면은 노래를 꼭 한 곡합니다. 제가 원 자체로는 노래를 많이 좋아하기 때문에 제가 옛날에는 테잎도 내고 그랬습니다만은…. 잘해서 그런 것이 아니고….

테이프 내셨다구요?

내가 어디 거스그 하면은 있을 겁니다만. 내가 그 테이프 내고서 자랑도 많이 했어요. 낙원상가 이층에 가면은 우리나라에서는 악기가 제일 많습니다. 한 삼백여 개의 점포가 있습니다. 유명한 데입니다. 우리나라에서는 악기가 많기로. 거기 있는 사람 하나하나한테 다 줬어요. 내가 자랑을 잘 하는 사람이 아닌데도. 여름에 테이프를 냈었습니다. 내가 갖다 주고 그랬습니다. 내가 자랑을 많이 하는 것은 아닌데, 영웅적 심리가 있어요. 남 앞에 가서, 좀 떠들고 까붑니다. 보통 사람[은] 미깐시러워요(낯 간지러워서) 보지를 못해요. 많은 사람들 앞에서 갑자기 노래를 한다는 것이 연습을 안 하고는 좀 힘들어요. 간단히 말해서 대중을 그렇게 타지를 않아요. 의식을 [안 해요]. 사람이 많거나 적거나 거스그를 하지 않고.

내가 옛날에 그런 것은 좀 익혔어요. 내가 옛날에 웅변을 했기 때문에 전국 국내인, 외국인 웅변대회에서 대상을 받고 그런 일이 있습니다. 웅변대회에서 한 것을 한 번 두 번 나간 것이 아니고, 내가 대중적으로 나서서 사회도 보고 할 때에 그때 그 도움이, 그때 공부한 것이 도움이 되고 그랬어요. 도움을 받고 있습니다. 그때 그 대중적인 웅변을 안 하고 그랬을 것 같음(같으면) 내가 지금처럼 대중 앞에서 이런 것을 못할 겁니다. 내가 학창 시절에도 했고, 일반 거스그를 나와서도 했고, 일반 중·고등학교 시절에도 했고, 대학 초창기에서도 했고, 일반으로 있을 때도 웅변을 많이 했습니다. 내가 좀 내성적이라요. 그래서밖에 기를 수가 없어.[97] 여러 사람 앞에서 이야기를 한다거나 노래를 한다든지 하면 거스그 떨린다거나 위압감을 나타낸다거나 하는 것이 없고, 자세가 흩어지지 않고, 될 수 있으면 자세가(자세를) 똑바로 해 가지고 대중 앞에서 이야기를 할라고 노력하고 있습니다. 그런 거스그를 하기 때문에 이것이, 홀스가 필요합니다.[98]

거리 연주를 처음 시작하던 때의 이야기를 좀 해주세요.

내가 될 수 있으면 남에게 폐를 안 끼칠라고 하는데도 끼치게 되고, 이 조그만 데에도 여러가지가 있습니다. 종로 오가의 먹자골목에 제가 매일같이 갑니다. 우리나라에서 [먹거리를 파는 곳이] 한군데 모여 있는 거[로는 제일 많답니다. 네거리에서 불면 시끄럽다고 하는 사람들도 있고, 어떤 사람들은 돈을 천원을 주면서 저쪽에 가서 불라고 하는 사람들도 있고 [그래요]. 싫어하는 사람들이 있으면 저는 안 붑니다. 어떤 사람은 천원도 주는 사람들이 있고, 이천원을 주는 사람들도 있고 절대로 강요를 안 합니다. 탑골공원에서는 한 이십 년간 불었습니다. 천원이나 만원을 주실 것 같으면은 그 주변에서 가장 나이가 많으실 것 같은 분들에게 그냥 줘 버리지요. 저 사람은 부담이 없다 이거야. 뭘 달라는 게 없으니까. 그래서 사람들이 모두 편안하게 듣고 하지요. 근데 원래 그 자리는 원래 연주를 못하는 곳입니다. 연주를 못합니다. 종로구청에서도 안 된다, 관계자도 안 된다, 그래서 연주를 그쳤지요. 그런데 여기에서 백여 명이 서명을 해서 청와대에 보냈어요. "그 사람99)이 여기서 돈 십원 한 장을 받습니까, 뭘 받습니까. 여기에서 노인들이 옛 노래를 듣는데, 왜 당신네들이 그렇게 하느냐?' 해서 도장 다 찍어 가지고 청와대로 보냈어요. 어떻게 청와대에서 접수가 됐는지 그게 종로구청으로 갔어요. 그 사람 아무래도 혼자 하고 그러니까 안 듯, 모르는 듯 그냥 놔두기로 했나 봐요. 그래서 그 뒤로는 불어도 아무 말이 없어요. 그래서 딴 사람은 연주를 하면 못하게 합디다. 그래서 "여보쇼, 왜 사람을 차별합니까. 거백연화 씨는 연주를 하는데 왜 우리는 못하게 하느냐' 하더라구요. 기타도 있고, 트럼펫도 있고, 어떤 단체에서 하고 싶은 사람들이 많지 않겠어요? 아, 그러면 "구청에 가서 허가를 맡아 오십시오" 그러더라고. 일주일 전에 허가를 맡아야 하지요. 그렇지 않으면 음악 못해요. 그런데 제지하는 사람이 한 사람 가지고는 안 돼. 정복 입고 시청 마크 달고 딱 와요. 그러면 노인들하고 붙어요. "여기서는 안 됩니다. 만약에 하더라도 허가를 맡아야 합니다" 고 [그래요]. 그러면 노인들이 쑥쑥 나가서 "당신네들 뭐냐고, 노인네들 노래 부르는데 뭐냐고". 그러면 내가 보따리를 싸서 삼십육계를 하지요. 그러면은 일주일 뒤에 가지요. 그렇게 한 절반 정도 불면은 또 와요. 쌈(싸움)도 못해. 그거를 말을 못합니다. 탑골공원에서 거기서 불고 할 때 대단했습니다. 거기는 불교 계통에서 자기네

땅이라고 못하게 해요. 그래서 붙어 가지고, 노인들이 쌈을 붙어 가지고, 내(나) 때문에 쌈이 붙었는데 거기 있겠습니까. 보따리를 싸 가지고 가지요. 그러면 또 델로(데리러) 와요. 내가 있는 곳으로 가자고. 내가 쫓아냈다고. 다 얘기를 해 놨대. 말도 못합니다. 어떤 때는 공연팀이 가는데 조계사에서, 불교계에서 차를 가지고 들어왔어요. 스피커 가지고 못한다고. 곽규석 씨 동생 곽규호라고 있어요. [그 사람이] 사회를 보고, 신카나리아 씨, 김사향 씨, 박경호 씨, 도미 씨 여러 가수들이 같이 합석을 할 때가 있거든요. 그런데 무슨 힘이 있어. [그때] 붙었어요. 그런데 연예인들하고 안 붙었어요. 노인들하고 불교계하고 붙어 가지고 싸움을 하는데, 아이고 그 사람들 싸움 잘합디다. 스님들도. 할 수 없이 경찰 일개 중대가 왔어요. 말겠어(말렸어). 그런데 '너희들 뭐냐' 고 하고, 노인들은 "우리들 논다" 고 하고. 그 싸움을 몇 년간을 했습니다. 내가 그런 아싸리 판에서 살아온 사람입니다. 이런 도심 한복판에 이런 좋은 공간이 있는데 그럴 필요가 있겠느냐 해서 하는 거죠. 그리고 그때는 거기서 그런 공연을 하는 사람이 없었습니다. 나밖에. 이십 년 전이니까. 지금 와서는 기타도 들어와서 하고 그러지만 초창기에는 그런 것이 없었습니다. 그래 가지고 탑골공원의 할아버지를 모르는 사람들이 없습니다. 참 사람을 아는 것만큼 좋은 게 또 어디 있습니까. 그냥 손으로 인사를 하고, 거리의 악사인 나한테도 이렇게 인사를 하고, 나 같은 사람이 연주를 하는데 춤을 춰 주고. 참, 그렇게 허가를 맡아 가지고 십오인조 그렇게 합니다.

거리의 악사를 탑골공원에서 처음 시작하신 게 아닌가요?

거리의 악사를 그 이전에도 했습니다. 탑골공원에서 한 것은 한 삼십 년밖에 안 되지만은 그 이전에도 많이 했어요. 그, 옛날에 유랑극단이나 야시장[에서]. 지금은 이런 건물에서 하지만은 처음에는 텐트를 치고 야시장에서 요 바람 부는 데서 거기에서 장사를 했습니다. 뭐, 신토불이 그렇게 거기서 했어요. 그래서 악사도 못 되고 이라기(이렇기) 때문에, 무대는 이렇게 지어서 나는 주로 안내를 많이 하고. 그런 게 유랑 생활이거든요. 그래서 나중에 합주로 색소폰을 부르고. 그때도 내가 기억하기로는 지금 이런 비슷한 옷이야. 그때도 이렇게 구두가 길었어요. 그때는 막 논두렁에도 빠지고 그래요. 그 사람들이 이렇게 일과가 다 끝나야 돈을 줘요. 그런데 돈은 없고, 악사들, 기타, 사회자도 돈은 아무도 없거든요. 그쪽에서 돈을 줘요. 그 안에서는 파는 사람들이 있어요. 밥집. 공사장보다 더 해요. 저녁에도 누워서 자는 것도 한 달간 그렇게 하기 때문에. 그렇게 자다가 고만 망했어. 장사가 안 돼 가지고 대빵(대장)이 도망을 가 버렸어요. [여관 주인이] 여관비를 내라 말이야 [그래요]. 사장이 그래서 [우리는] 모른다고 그래도 여기 있으라고 해요. [여관에] 간혀서. 그게 한 마흔에서 쉰 정도 되었을 거예요. 거리의 악사는 참 오래됐어요. 결혼 생활 이후에는 거의 이런 생활을 했어요.

결혼하신 게 일천구백육십년 이후라고 하셨나요?

응. 거의 난 그 이후에 이런 생활을 했어요. 노래하는 데나 따라다니고, 식당에 가서 일도 하고, 접시도 닦고. 전부 그런 계통에서 일을 했어요. 그런 데를 가야 음악이 있고 그렇기 때문에. 영화나 연극을 보려고 저녁으로면 거기에만 다니고. 그래서 제가 떠돌이 생활을 상당히 오래 했어요. 그런 생활이 몸에 배어 가지고 이제는 뭐 부끄럽지도 않고, 주위 사람들은 이상하게 생각들을 하고, "왜 그런 생활을 하느냐, 어릴 때에는 상당히 부유하게 살고 그렇게 부자고 그렇게 좋은 집안에서 [자라서] 왜 이렇게 사느냐' 하죠. 그래서 내가 나를 동정하거나 그런 마음을 참 싫어합니다. 내가 이렇게 해도 [다른 사람들이] 전혀 부럽지 않고 [이 생활이] 참 좋습니다. 내 주위에 있는 사람들도 [내가] 이렇게 생활할 사람이 아니다 하는 것을 알고 있습니다. 주위에 친척들이 모두 잘살고 있습니다. 그래도 내가 한 번도 그 사람들을 찾아가서 '도와주십시오' 그래 본 적이 없습니다. 하고 싶지도 않고, 그 사람들이 도와주지도 않고, 찾아오지도 않고…. 사실 나는, 우리 집은 말할 것도 없고, 우리 친척들, 친구들한테 소외된 그런 사람입니다. 그렇다고 해서 뭐 겁날 것도 없습니다. 내가 건강하니까 이렇게 쫓아다니는 거지[요]. 내가 그래서 이렇게 개인적인 과거사나 이런 것을 말하고 싶지도 않고, 텔레비(텔레비전)나 이런 데에 나오는 것도 별로 그러고 싶지도 않고 [그렇습니다]. 개인적으로는 좋지만 거리의 악사가 이런 것을 한다고 비웃고 이런 것을 하기 때문에. 왜 이런 생활을 하고 다니냐고 하면은, '내가 이렇게 잘 먹고 다니면 되지 뭐 어떠냐' 고 [그럽니다]. "잠이야 내가 자는 데가 내 집이라고 생각하면 되지 않냐' 고. 대궐에서 자나 이런 데서 자나 뭐 다른 것이 없어요. 뭐, 그러다가 이런 특별한 무대나 그런 곳에 서면 또 얼마나 기쁘겠습니까. 좋은 무대에 서다가도 "당신 이런 데[100]에서 공연을 한 번 해보십시오" 그러면 얼마나 눈물이 나겠습니까. 하지만 난 눈물이 안 납니다. 쓰레기장에 가서 노래를 불러도 눈물이 안 나고, 화장실에 가서 노래를 불러도 눈물이 안 납니다. 그런데 이런 일류 무대[101]에서 참, 거스그(언주) 하라고 하면 내가 얼마나 기쁘고 좋겠어요. 저도 그제 큰 무대에서 공연을 했어요.

큰 무대가 어디죠?

그런 분하고 공연하기가 힘듭니다. 유명한 분입니다. 그분은 색소폰의 원로입니다. 우리나라에서는 재즈계의 원로입니다. 그냥 그 무대에서 이정식 씨하고 [공연을 했습니다]. 그 대학로에서 이정식 씨 공연장이 있습니다. 거기는 관객들도 참 많습니다. 내가 얼마나 그 영광이요, 내가 그런 것을 이야기를 할 때에는 그 거리의 악사로, 이정식 씨가 초대를 해서 그런 것이 아니고, 모 방송국에서 가서 해주시면 좋겠다고 [그래서] "나는 이정식 씨하고 그런 것을 할 줄도 모르고, 그런 음악을 할 줄도 모르고…" [그래도] 하여튼 그렇게 해 달라 해서 참 영광된 무대에 선 일이 있습니다. 그래서 이렇게 거리의 생활을 하는 것이 그런 것에서 유쾌합니다. 내가 그런 것을 한 번씩 하면은 엔돌핀이 얼마나 나오겠습니까. 좋은 무대에서 이렇게 하는 것이 그렇게 좋아요. 이렇게 라면을 하나씩 먹고 하다가 어쩌다 이렇게 큰 상에서 밥을 먹을 때면 '만세!' 할 것 아니겠습니까. 사실은 내가 평생에 잊어버릴 수 없는 일이 있습니다. 내장산에서, 사회 봉사단체에서 식사를 대접을 했습니다. 그래서 그쪽에서 하도 음식이 좋다고 해서, 차를 타고 거기까지 갔는데, 나는 평생에 그런 음

구술자의 명함이다. 만나는 사람마다 이 명함을 건네준다. 이 명함을 보고 환갑잔치 같은 데에 와서 연주를 해 달라는 부탁을 해 오는 사람들이 많기 때문이라고 한다.

식을 처음 봤습니다. 내장산 옆에 모 식당인데, 한~ 찬이 오십 개 이상이
돼요. 그래서 거리의 악사가 그런 데에 가서 그런 음식을 먹을 때에는 그
때는 내가 키도 더 커진 것 같고, 사방에서 이 엔돌핀이 나와서 더 활발하
게 잘사는 것 같애. 이 거리의 악사는 그래서 이 누추한 곳에 가서도 구애
받지 않고, 누추한 것을 봐도 더럽지도 않고, 허름한 것을 보더라도 몸으
로 이겨 내요. 하도 길거리를 다니면서 모든 것을 보기 때문에. 거리에서
다니면서 악수하고 다니는 것은, 거리에서 그 소외된 사람들을 보면 참
좋아합니다. 악수를 누가 해주겠습니까? 그런 분들하고는. "참 용기를
내십시다. 앞으로는 잘될 겁니다." [그러면서] 내가 오늘은 돈을 드리지
는 못하지만 내가 그런 사람들의 손을 잡아 주고 그런 일을 합니다. 내가
그런 데서 참 유익된 일들이 많아요.

9. 에메랄드 목욕탕

약주나 담배 같은 것은 전혀 안 하시나 봐요?

술이나 담배 같은 것은 일절 안 하고 있습니다. 난 평생에 한 가치(개비)도 안 피웠습니다. 완고한 집안이고 한학을 [하는] 집안이었으니까, 도저히 허락이 안 됐어요. 그런데, 술은 좀 중간에 했습니다만, 몇십 년간은 술도 안 했어요. 어느 날 일어나니까 머리도 좀 아프고 그래서. 지금은 술맛도 몰라요.

그럼 주말에는 일하시는 것을 쉬시나요?

뭐, 쉬는 날이 없습니다. 늘 여기 나와 있습니다.

댁은 어디신데요?

네, 우리 집은 청량리입니다.

그럼 걸어서 그렇게 가시고?

특별한 일 있으면 전철 타구요, 요금은 공짜니까.

그럼, 뭐 운동은 더 이상 하실 게 없으시겠네요.

운동은 뭐 할 것 없고, 가끔은 목욕탕에를 하루에 한 번씩 합니다. 복싱을 좀 합니다. 권투. 누구랑 하나 하면은 우리나라 초대 참피언 강세철 씨라고 있었습니다. 동양 참피언입니다. 그분하고 스파링을 목욕탕에서, 장소는 목욕탕입니다. 목욕탕에서 하니까 옷은 뭐 총천연색이라요. [웃음] 거기서 해요. 운동은 뭐 그것밖에 없습니다.

에메랄드 목욕탕[102]을 알게 된 지는 얼마나 되셨어요?

여기 목욕탕에는 한 십여 년간 내가 왔습니다. 내가 그동안에 딴 목욕탕도 가고 했지만 [주로] 이 목욕탕을 찾아옵니다. [이 목욕탕에 처음 오

낙원상가 근처에 있는
에메랄드 목욕탕의 탈의실
모습이다. 이곳은 공연이
없는 오전 시간에
구술자가 몸을 쉬러 가는
곳이다. 거리의 악사가
되면서 구술자는 가족과
완전히 결별한 상태이며,
그가 가지고 있는 약간의
짐도 이 목욕탕에
보관하고 있다.

게 된 계기는 낙원상가, 악기상가가 이 근처에 있고 하기 때문에 가까운
데 가는 것이 좋고, 저기 큰 게 있습니다만, 여기는 아는 사람들이 다 있
고 해서 여기에 오게 됐습니다. [이렇게 휴게실에 책 놔두고 하는 거는]
내가 이런 노래책이라든가 사전이라든가 이런 것을 볼 장소가 [마땅히]
없어서 그렇습니다. 사실은 여기가 흡연실이거든요. 여기서 담배 한 대
피우시면서, 저도 보지만 딴 분들도 보시고, 이것을 아주 거 염가 구입을
했기 때문에 집에 가져가서 보시고 다시 꽂아 놓고, 앉기가 좀 불편해서
그렇지 그냥 괜찮은 것 같습니다.

　　주인 아저씨는 그냥 흔쾌히 허락을 하시구요?

　　네. 그래서 이걸 여기다 갖다 놓는다고 이야기를 했습니다. "좀 허락
을 해주십시오" 해서 이렇게 해놨습니다. 여기서 [목욕탕에 근무하는
사람들이] 식사도 하고, 나도 여기서 라면을 사 가지고 와 가지고 식사도
하고, 목욕도 하고, 저는 특별한 일이 없을 경우에는 여기서 잠깐 쉬기도

하고, 하루에 한 번씩은 제가 꼭 목욕을 합니다.

대부분 식사를 라면 같은 걸로 때우세요?

그렇습니다. 보통은 라면을 [먹고] 날계란을 몇 개 먹고, 제가 그렇게 많이 먹지를 않습니다. 악기는 늘 가져와서 여기다 놓고, 나갈 때는 가져가기도 하고 그렇습니다. 저녁에는 내가 여기서 오후 여섯시만 되면 나갑니다. 여섯시 이후에는 여기가 영업을 안 합니다.

그럼 잠은 밖에서?

예, 밖에서 자기도 하고 어느 때는 여인숙에서 자기도 하고 그럽니다. 여관은 가장 싼 곳으로 갑니다. 여인숙에 갈 때는 한 만천원, 일반 제일 거스그한 데, 싼 데, 모텔이나 여관 이런 데 갑니다. 전혀 무슨 형편이 못돼 가지고, 서울역 모두 주무시는 데 거기 찡겨서 자기도 하고 그렇습니다. 거리의 악사이기 때문에. 아무래도 거기서 있으면 불편하고 그러지만은, 그렇게 춥고 그렇지는 않습니다.

뭐 덮으실 것도 없잖아요.

그렇습니다. 내가 뭐 그분들 틈에서 자는 거지 뭐. [웃음] [사람들이 조금씩 준 돈 가지고 여관비 하고, 라면 먹고] 그렇습니다. 내가 가끔 종로 오가 먹자골목이라든가 이런 데 많이 가고, 제가 어느 때는 칠순, 팔순 이런 데를 가끔 갑니다. 가면은 할아버지한테 그렇게 그만두라고 해도, 아이고 가만 있으라고 치비라도 하라고 해서 그걸 가지고 식사도 하고, 숙박도 이렇게 합니다. 별로 기기에는 걱정이 없습니다. 많이 줄 때는…. 거의 한~ 보통 많이 주십니다. 한 오만원 정도 주시고 있습니다. 내가 술이나 담배를 안 하기 때문에 그 정도 충분하겠습니다.

여기에 개인적인 자료 같은 거 놓고 다니신 거 없으세요?

놓고 다니는 건 없습니다. 책, 이 정도. 사진 같은 거는 특별히 가지고 다닌 것은 없고.

지난번에 가지고 있던 젊었을 때 사진은?

그 사진은 제가 가지고 있고~, 그 사진은 여기에 있습니다. (가방을 뒤져 사진을 꺼낸다.) [결혼식 사진 같은 것은] 아이고, 없습니다. 아주 옛날이기 때문에. 그때는 칼라도 없었고. [결혼식은] 그때가~ 모르겠어요. 내가 육이오 끝나고 얼마 안 돼서 [한 것 같아요]. [그런데] 사실은 내가 하루에 성경책을 한 번은 봅니다. 성경은 여기에 세 권이 있습니다. 한 권이 아니고, 한 권은 누가 보신다고 가져가시고. 내가 될 수 있으면 성경을 한 번씩은 꼭 보고, 만약에 바쁘면은 미리 보고 나갑니다.

책들이 대개 어떤 책들인가요?

책은 뭐 일반 사전하고, 옛날에 『보도사진연감』이라든가 『대서양전투』, 『일본 본토의 진경』 『동의보감』 원본[103]입니다. 제가 옛날에 사서삼경을 읽었기 때문에 해석이 가능하겠습니다. 일반 시민도 법전을 알아야 돼서, 그래서 이 『소법전』을 가져다 놓고 [있습니다]. 우리나라의 역사를 잘 압니다. 그런 것을 [잘 알아야 하고] 한국어, 일본어, 중국어하고 일본어는 알아야 할 것 같습니다. 그래서 일어사전이나 [이런 사전들을 갖다 놓았습니다]. 이 조그만 것은 『맥아더』라고 돼 있습니다. 하지만 이것은 어린 아이들이 보는 것입니다. 그래도 우리나라에 대해서 아는 것은 이런 조그마한 걸로 알 수가 있습니다. 내가 바라는 게 있다면 한국 가요에 대해서 제가 좀 알고 싶어서, 그래서 이런 것을 구입해 놨는데, 딴 분들도 와서 보시고 그래서 제가 매일 한 권씩은 사다가 꽂아 놓고, 저도 보고 여기 오신 다른 분들도 보고, 도서관이 어디 따로 있습니까? 이런 데서 조그마하게 이런 흡연실에서 이런 것을 보면 좋죠.

예전 자료들은 모두 집에 다 있나요?

집에 있는 것이 아니고, 나는 집이 없기 때문에 예전에 그런 것은 다 없어졌어요. 노래도 사실은 전에는 노래책이 육십, 칠십 권이 됐습니다. 그렇게 많이 알고 연구를 하고, 저희 누나도 노래를 하고 그랬기 때문에 옛날 레코드 판이나 이런 것이 전에는 많이 있고 그랬습니다. 그런데 지금은 모두 없어졌습니다. 예전에는 돈이 없었기 때문에 이사를 아주 많이 다니고 그랬습니다. 그래서 거의 없어지고 지금은 하나도 없습니다. 그런데 내가 말이죠. 살아온 만큼 살 수 있을 것 같아. [웃음] 그게 무슨 뜻이냐 하면은 이제 내가 세상을 조금 알겠고. 그래서 생애가 이렇게 겪어 온 것을 전부 해서 내가 지금까지 살아온 생애만큼 살 수 있을 것 같아. 모르죠. 어떻게 될지는 모르지만 내 사고방식이 그런 뭐를 가지고 있어요. 내가 먼저도 이야기했습니다만은 '백 년을 살 수 있는 사람이 이런 사람이다' 하는 내용을 가지고 크게 케이비에스 건강 프로에 나왔어요. 어느 기자가 찍었는지는 모르지만, 저런 친구는 좀 오래 산다는 게 있을 것 같으니까, 그런 걸 봐서 어느 정도 생각이 있을 거 아니요. 글을 쓰고 할 때. 그걸 믿고 그런 것이 아니고, 앞으로 살 수 있을 것 같아요. 나도 목욕탕에 가서도 몸무게를 체크를 합니다. 외람된 이야기를 하면은 화상실 가기 전에 달았다가 그 다음에 달고 그렇게 [합니다]. 커피 값은 제가 지불했습니다. 요즘 전(돈)이 잘 생기기 때문에. 요즘 잘나가니까. 잘나 갈 때는 잘나가고. [웃음]

어디 가셔야 되죠?

응, 나는 거스그를 갑니다. 하루에 거의 한 번씩. 전에는 저 목욕탕[104]에를 갔었는데 거기는 안 가고 [다른 데를 가요]. 사람이 할 일이 없고 할 때에는 목욕탕에서 쉬고 하는 것이 제일 좋을 것 같아요. 공원을 걷는 것도 좋지만. 그래서 내가 건강도 이렇게 유지하는 것이 아닌가 이렇게 생각이 듭니다.

10. 무대 공연 그리고
광고와 뮤직비디오 촬영

최근에 특별한 공연 같은 것 하신 적 있나요?

나는 그 무대에 설 능력이 못 됩니다. 그런 재능도 없고 그런데, 중간에 이야기를 해서 미안하지만은, 저기 서초동에 '예술의전당'이라는 곳이 있습니다만, 그곳에 가면은 팝 오케스트라 연주를 하는 연주실이 있습니다. 굉장히 크고 밴드들이 한 칠십, 팔십 명이 연주를 합니다. 오케스트라이기 때문에. 우리나라에서는 조용필 씨가 한 번인가밖에 그 자리에 서지를 않았답니다. 유명한 가수인데, 내가 잘해서 그런 게 아니고, 제가 거기 두 차례를 섰습니다. 모 방송국에서 제의가 들어왔어요. 이러이러한데 "이번에 팝 오케스트라와 같이 맞춰서 섹션을 연주하시겠습니까?" 그래서 "저는 그 근처에도 가지를 못합니다" [그랬더니] "하여튼 우리가 시키는 대로만 하십시오" [그래요]. "저는 도저히 할 수도 없고 떨려서 음악도 할 수가 없습니다" 그랬더니 "최대한으로 협조를 하겠습니다" 그래서 "못합니다" [그랬더니] "그래도 우리가 시키는 대로만 하십시오" [그래요]. "하기는 하지만은~." 그때 수염을 아주 길게 길렀습니다. 그래서 "수염을 깎아야 하겠습니다" [그래요]. "아이고, 방송에 출연을 하지 않더라도 이건 깎지를 못하겠습니다" 그랬습니다. 이때가 수염을 길렀을 때입니다. 그렇게 오래되진 않았습니다. 그래서 굉장히 연구를 했어요. 결국에는 이화여대 넘어가는 데 조그만 고개가 있어요. 아현동 고개 [거기에] 옷을 맞추는 데가 있어요. 방송국에서 전용으로 맞추는 데 가서 와이샤쓰를 맞추더라구요. 쑈 넥타이를 하나 맞추더라구요. 나비넥타이를 맞추더라구요. 영 어울리지도 않고 [그래요]. 조끼를 또 맞췄어요. 팝 오케스트라의 엄정행 씨가 그런 타입의 복장이 됐어. 단추도 한 개라. 그걸 그렇게 해서 입었어. 근데 영 아니올시다야. 그렇게 입을려면 키도 크고, 인물도 잘나고 그래야 되는데, 뭐 맘대로 그 사람들이 만들더라구요. 서초동에 [있는] 미용실에를 갔어요. 그때는 전부 차림을 다 했지요. 거기 가서 수염을 꼬불치고 뭐 다 하는데, 아무리 그래도 그 타입이 안 나요. [그래도] 어떻게 해서 만들었어요. 예술의전당에를 갔어요. 거리의 악사가 이것을 하더라[105] [하니까] "안 됩니다" 하는 기라. 관장이 안 된다고 하는데 어떻게 해? 그래서 다시 또 오케스트라 단장한테를 갔어요. "칠십인조, 팔십인조 오케스트라를 하는데, 우리는 도저히 할 수가 없습니다. 안 됩니다" 하더라고. 그래서 안 됐어. 근데 며칠 있다가 또 왔어. 그래서 내가 알기로는 방송국하고, 서울시하고, 서초구의 국회의원하고, 이런 동의를 여러가지를 얻고 협조를 했던 모양이야. 어떻게 그걸 하게 됐어. 근데 지휘자가 외국 사람이라요. 그래서 뭐를 하는데, 뭐를 하지도 못하고, 암만 해도 안 되는 거야. 그래도 어떻게 하게 됐어요. 사람은 다 모였어. 끝도 없이 모였어요. 촌놈이 뭘 알겠습니까. 무대 뒤로 들어갔어요. 옷을 입고 있는데 그냥 덜덜덜 떨리제. 노래는 또 얼마나 연습했는지도 몰라요, 팝 오케스트라 악단하고 그렇게 연습을 해 가지고 섰어요. 근데 뒤에서 카메라가 딱 따라오고, 앞에서는 카메라를 꺼요. 그냥 덜덜덜 떨려서 어떻게 할 수가 없어요. "요번에 세번째입니다" 그래요. 맨 처음에 엄정행 씨가 올랐습니다. 그 다음에 여자분이라요. 여자분이 유명한 소프라노 가수입니다. 그 다음에 나 들어갈 차례라. 큰일이라. 박수를 확 치는데, 무슨 소린가 들리지도 않아요. 뒷문이 확 열려. 확 열리는데 못 들어가겠어요. 연주하는 오케스트라 악단이 전부 다 흰 걸로 입었어요, 한 칠십여 명 앉아 있는데 도저히 들어갈 수가 없어요. 근데 처음에 교육을 좀 받았어요. "이 앞에 가면은 동그란 원을 그려 놨으니까 거기 서라" 이거예요. 근데 안 들어 갔어요. 그냥 가만히 서 있었어요. 근데 거기 피디(PD)가 확 밀어 버리더라구요. 뭐, 노인이고 뭐고 생각도 않더라구요. 그냥 들어갈 수 있어요? 왁자지껄 지지지 하는데, 박수를 치는 것 같아요. 누가 뭘 하는지도 모르겠더라구요. 정신을 바짝 차렸어요. 들어가서 살살 들어가니까 동그라미가 쳐 있어요. 거기 섰어요. 여기서는 발을 동동 구르고 그래요. 근데, 거기서는 거수경례를 하지 말고, 공손히 절을 하래요. 그래서 절까지는 잘했어요. 고개를 드니까 사람이 하나도 보이지를 않아요. 처음 느꼈는데, 관중석 안이 동그랗게 보이는 거예요. 사람들은 전혀 보이지를 않아요. 거기는 국회의원도 앉았고, 경찰서장도 앉았고, 모두 앉았어요. 딱 섰는데, 반주가 그만 '꽝' 하는데, 캄캄하더라구요. 일반 연주하고는 틀려요. 바짝 얼어 가지고, 하도 연습을 하고 하니까, 어떻게 해 가지고 한 곡을 끝을 냈어요. 끝을 내고는 절을 하고 나왔는지, 안 하고 나왔는지도 몰라요. 그냥 나왔는데, 문 앞에서 탁 막아요. 왜 무슨 소리를 하는고 들리지도 않아요. 앙콜 하는지도 들리지도 않아요. 그래서 한 곡 더 하래요. 이제 죽었다 싶어서 그때는 죽었다 싶었어요. 미는 데는 할 수 없어요. 밀려서 들어왔는데, 아까 동그라미 친 데 섰는지 어디 섰는지도 잘 모르겠어요. 어떻게 노래를 두번째 곡을 했어요. 준비하는 데는 세 곡을 했어요. 했는데, 아마 끝마치고 나서 고개만 까딱하고 나왔어. 근데 또 막는 기라요. 그때는 정신이 아주 나가 버렸어. 딱 막고 있는데, 이제 더는 못하겠다고 그랬어. 근데, 반주가 딱 나와요. 무슨 반주냐면은 〈목포의 눈물〉 반주가 나왔어요. 근데, 내가 잘하는 곡이라. 그때 용기가 생기더라구요. 그때 들어가서 〈목포의 눈물〉로 끝을 맺고, 내가 잘 알기 때문에, 다리를 까딱까딱하지 말라는 말도 다 잊어버렸어요, 까딱까딱하고, 일 절하고, 이절(2절)에는 눈물이 나서 도저히 노래를 부를 수가 없어요. 눈물이 저절로 나는데, 울어도 내가 노래를 잘 안 끊기니까 울고 그랬어요. "아이고, 진즉에 모시고 그래야 되는데…" [하고]. 지금 한나라당에 총무입니까, 뭡니까, 서초구 국회의원이….

김덕룡 씨요?

응, 김덕룡 씨가 위로를 하더라구요. "아이고 진작 우리가 모시고 이래야 되는데, 죄송합니다." 그러고 위로를 하는데, 무대 뒤까지 와서. 그래서 집이 청량리라고 하니까, 자가용으로 모셔다 드리라고 그래요. 이제 내가 자가용까지 타면은 죽어요. [그래서 그냥 놔두고는, 옷을 갖다가 벗어 버리고 내 옷으로 입고 있으니까, "옷을 어디다 벗어 놨느냐" 고 해서 어디다 벗은지(벗었는지) 모른다고. 내가 알기로는 이층에다 벗어 놓은 것 같다고 [이야기를 했어요]. 그래 가지고 도망을 밖으로 나왔어요. 걸어가믄(걸어가면) 어디 지하철 타는 데가 나올 거 아니에요. 그래 어떤 사람한테 물었어요. "지하철 타는 데가 바로 옆이 아니냐고." 그래서 지하철을 타고 그런 일이 있네요. 거리의 악사는 그런 성격이 못 돼. 평생에 그런 재능도 없고, 평생에 서지도 못하고 세워 주지도 못하고.

그 모 방송사가 어디인가요?

내가 알기로는 에스비에스(SBS)로 알고 있어요. 그래서 혼을 난 적이 있어요. 십 년을 감수했어요. 그래서 방송국이나 [이런 곳과는] 인터뷰들을 잘 안 합니다. 그런 것을 잘 안 해요. 이렇게 살아올 때에는 그때부터 이 계통이었으니까. 옛날에 보면 야시장이라고 있었습니다. 들판에다가 천막을 치고 뭘 팔고, 그런 시장에 초창기부터 따라다녔습니다. 뒤에서 색소폰 불고, 별것을 다 했습니다. 그래서 지금도 안내를 [필요로 할 때면 나를] 찾고 있습니다. 개업을 해도 안내를 보고, 조그만 행사를 해도 안내를 보고, 십일월 일일날 연예인신문사에서 행사를 하는데 또 그것을 하랍니다. 여기 장충동 엠베스트라 호텔[106]이라고 있습니다. 나한테 일부러 사장이(사장에게서) 연락이 왔더라고. 나한테 안내를 좀 해 달라고. 거기 가면 식사를 줍니다. 식사를 하는데 아무나 들어가지를 못합니다. 안내의 권력이 대단합니다. 안 된다고 하면은 못 들어갑니다. 상대방한테 실례[해]도 안 되고, 관계되는 사람이나 심사위원을 못 들어가게 하면 안 돼요. 그것을 준비를 할라고 최대한 정신을 차리고 있습니다. 그런 데는 반 이상 무료로 들어갑니다. 거기서 제가 그런 것을 맡고 있습니다. 참 나도 그래요. (색소폰을 가리키며) 이게 사실은 상당히 무겁습니다. 그런데도 내가 감사하게 생각해요. 지금은 이거를 지고 다니는 것을 하나도 부끄럽게 생각 안 합니다. 왜냐면 내가 과거에 내 친구들, 내 선배들 그렇게 열심히 하고[그럴 때 많이 놀았으니까]. 그 사람들은 대학교를 다 졸업해서 일류 부자들이 다 돼 있고, 그런 사람들입니다. 그런 사람들이 그 당시에 나를 비꼬는 만큼 부러워한 만큼 나는 고생을 해야 한다 그렇게 생각해요. 언젠가는 일이 다 되면 틀림없이 풀어 주실 거예요. 왜냐면 내가 이걸로 오랫동안 기도를 했고, 수십 년이 돼서 이루어지는 것도 있고. 때가 되면은. 이런 데서 활약을 하고 있다가, 또 기회가 되면 방송국에 가서 일류 가수가 되고 싶으냐 그러면은 언제든지 또 때가 되고 뭐가 되면은 아무래도 한 번씀은 시켜 줄 것 같아요. 어제도 모 행사에 다녀왔습니다. 어제 어디를 갔냐면은 은평구 웅암동을 갔습니다. 나는 누구든지 필요로 하는 사람이 있으면 달려갑니다]. 나는 거리의 악사입니다. 나는 노래는 〈목포의 눈물〉 하나밖에 [못한다고] 이야기를 합니다. 누가 나를 부를 때도 "그래 좋다" 그러면은 통하는 겁니다. 〈목포의 눈물〉 하나밖에 모른다고 [해도]. 〈목포의 눈물〉 비슷한 노래를 또 부르면, "하나밖에 못한다면서 노래 잘하네" [그래요]. 그래도 누가 물어보면 나는 〈목포의 눈물〉 하나밖에 못한다고 [이야기를 합니다]. 요즘 현대식 노래는 내가 많이 배울라고 그러고 그래요. 어제 무슨 행사냐 하면은 그것도 모릅니다. 거의가 몰라요. 그리고 자세히 묻지를 않습니다. 무슨 장사를 하요? 돈은 얼마 주요? 그런 것은 거의 [질문을] 안 합니다. 그런 것을 알 필요도 없어요. 복잡하게. [그런데 다른 사람들은] 그렇게 하면은 거의 다 물어요. 얼마 주고 [그런 것을 묻는] 그런 사람들[은] 한 번 가서 많이 받을지 모르지만 이제 자주 오라고 하지를 않아요. 내가 압니다. [그런 사람들은] 전부 판 몇 개[씩 냈어요]. 판을 오백만원씩 [주고] 다 냈어. 가산 다 털어 가지고. 가수 된다고. 수백, [수]천 명입니다. 오히려 고생이 더 많습니다 허허. 가서 보니까 좀 이상해요. 가만히 보면은 대강 아는 거 아닙니까. 거기에 강사가 있어요. 맨 처음에는 노래를 때려 봐요. 사람들이 상당히 많이 모였어요. 조그마한 예식장에서 했는데, 예식장이 꽉 차버렸어요. 나중에는 들어갈 자리가 없어요. 거기 가면은 잘해요. 손님도 잘 모시고 부지런해요. 다른 데서 가수도 여럿 왔어요. 뭐, 국악. 거기다 써 붙여 놨습디다. (가방을 열어서 포스터를 꺼내 보여주며) 하이고 참. 이거를 뭐, 해 놨습디다. 그걸 해도 난 몰라요. 그쪽에서 한 거고. 가서 가만히 보니까 알겠더라고. 뭣이냐 하면은 세상에 그런 장사를 [해요]. 장례라고 하나 뭐라고 하나. 그거에 관한 거라. 차를 좋은 것을 만들어서 꽃마차를 만들어서 하늘 나라에 보내 준다 그런 거라. 장의사하고는 틀려요(달라요). 그런 장의사는 없어졌대. 장의사라는 얘기를 듣고는 안좋을 것 같아요. 사람이 죽는다 그런 것은 기억을 하면 안 좋은 겁니다. 그런데 그런 기억을 좋게 만드는 게 그 강사라. 우리는 어떻게 죽고, 미국에 있는 대통령도 죽었고, 영국에 있는 처칠 수상도 다 죽고, 죽는 것은 자연의 원칙이다. 이렇게 죽고 그런 것은 두려워하고 그런 것이 아니다. 이왕 하늘나라에 갈라면 좋은 꽃마차를 타고 가야 하지 않겠냐 그런 거라요. 미션 계통의 이야기를 하길래(하는데), 거기는 기독교 얘기도 나오고, 천주교 얘기도 나오고 여러가지가 나오는데, 마지막에 노래 다 하고 나서 "여러분 대단히 감사합니다, 여러분이 가지신 것, 직장에, 가정에, 여러분들 자녀에 축복이 있으시길 바랍니다" 하고는 '다 같이 기도합시다' [그래요]. [그런데] 기도만 할 것 같으면 불교 벌떡 일어나요. 그렇다고 불교만 하면 안 돼. [그러니까 '기도합시다' 하고는 [내가] 나무아미타불 관세음보살, 그리고는 아멘 [그래 버려요]. 내가 그렇게 연극자로서 거기 주도하는 사람들도 말 안 하는 거를 내가 해 버리고 그래요.

자신이 출연한 상품 판매 행사 포스터를 꺼내 보여주고 있다. 포스터 속에 '거리의 악사'를 포함, '남진'이나 '나훈아'를 닮은 연예인들의 모습이 듬잡하고 있다.

알아서 하기 때문에. 그전에는 서대문형무소에를 다녀왔습니다. 참 내, 에스비에스(SBS)에서 나온다고 하길래 그런 줄 알고 했습니다만. 내가 거기를 갔어요. 마야 라는 가수가 있더라구요. 얼굴도 기다라니 그런데, 일류 가수는 아닙니다. 뮤직비디오를 찍더라구요. 그런데 거기를 딱 들어가니까, 나라에서 보존 지역이라고 몇 개 놔뒀어요. 거기는 화장실도 없고, 전기도 없어요. 우리 독립운동 하는 사람들 가둬 놓고 항복하라고 [강요하고 그런 곳이라요]. 근데 기타 치는 놈들이 지랄이고, 마야라는 가수가 주라요. 근데 나는 잘 몰랐는데, 그런 거를 하나 할라면 십억이 든대요. 상당히 많이 들 것 같아요. 차가 뭐 수십 대인데. 나는 내 할 일만 하면 되거든요. 가니까 두루마기를 주고, 한복을 [주고 그래요]. 신도 고무신이요, 양말도 흰 거를 이렇게 신어야 돼. [그리고] 머리를, 모자를 벗어야 돼요. 그런데 줄이 있었어요. 이거를 없애면 안 되냐 해서, 안 된다고, 내가 삼십 년을 쓰고 다니는데. 화장하는 거를 뭐라고 하지요? 메이크업 거기서 거스그를 하는데, 딱 할라고 하는데 되나. 안 돼요. 그대로 하는 기라요. 붙여 다니고 이렇게 했어요.[107] [그런데] 거기서 역할이 있을 거 아니요? 지금도 무슨 역할인지를 모르겠어. 무슨 것인고 하니(어떤 내용인고 하니) 상해에서 독립운동을 하다가 독립군들을 시찰 온 거라. 그 판국에 갇혔는데, 암만 생각해도 이대통령이나 김구 선생 역할 같애. 이래 해 놓으니까 비슷하고, 색깔도 밤색으로 해서 이렇게 만들어 놨어요. 거기에는 죄수들도 있어. 그래서 나랑 서이라(셋이라). 가수하고. 내가 하도 연극·영화 많이 봤기 때문에 엔지(NG)를 잘 안 내요. '아하, 이 사람들이 뭐를 할라고 하는구나' 하고 잘해요. 슬픈 표정을 한다고 하면은 웃지 않는 표정을 잘하고, 걸음 걷고 이런 것을 [잘해요].

마야의 뮤직비디오를 찍으신 거예요?

응. 십억까지는 아니어도, '박지윤'은 십억 들었다고 합디다. 내가 뮤직비디오를 찍었는데.

박지윤 것도 찍었어요?

하믄. 그리고 내가 '이적' 이하고도 찍고. 가는(그 애는) 서울대학을 나왔다고 하드만. 거스기 누구요, 고현정이하고 시에프(CF)도 찍고. 세상에 고현정이는 일류 모델인데 둘이 세트장에 가서 저하고 나하고 둘이서.

뭐하는 시에프였는데요?

엘지(LG)[에서 나오는] 요새 전자제품이라요. 제가 알기로는 모 방송국에 나오는 걸로 알고 있습니다. 고현정이가 나오면 그거라요. 고현정이는 이십칠억인가 받았습니다.

어르신은 얼마나 받으셨어요?

나도 많이 받았어.

밝힐 수는 없어요?

응. 여기서도 많이 받았고. 얼마나 자랑하고 다닌다고…. 창문이 있어요. 싹 처다보고, 여러가지 걸어 다니고. 이런 것을 촬영하고 그랬습니다. 사진이 붙었어요. 독립운동 하는 김구, 뭐 옥에 갇힌 사람들, 다 이름을 적어 놨더라구요. 그 앞에서 마야하고 춤을 추는데, 그런 장면을 할라고 그런 모양이라. 죄수는 흰 옷을 입고 수염을 이래 길리 가지고. 죄수니까 안 그러겠어요?

그럼, 계약서랑 쓰시고 하시는 거예요?

나는 계약서를 잘 안 해요.

뮤직비디오 같은 거 찍으면 보내 주기는 하나요?

줘요. 음. 뮤직비디오를 달라고는 안 해요. 그런 추접스러운 소리를 안 합니다.

그래도 그건 당연히 줘야 되는 거잖아요.

내가 상대방한테 그런 거를 잘 안 해. 내가 한 냥을 그냥 달라는 소리를 안 했습니다. 지금은 내가 하나도 없습니다. 내가 한 오륙십 개는 된 것 같습니다.

어디에 있는데요?

그게 다 없어졌어. 내가 집이 없으니까. 초창기에 「여섯시 내고향」도 종로 여(여기) 거스그에서 찍었습니다. 탑골공원. 내가 그걸로 나왔습니다. 「이것이 인생이다」 뭐 하여튼 이런 프로는요 거의 다 나왔습니다. 그런 것을 달라고 하면 되는데 내가 그런 소리를 안 해요. "비디오를 주십시오. 내가 거기 가고 싶습니다." 그런 소리를 안 해요. 내가 작곡을 하고, 일류 작곡가를 내가 잘 압니다. 작곡가 협회 회장을 하루에 거의 만납니다만, 부탁을 안 합니다. 요즘 내가 작곡을 하고 있다고 해도 부탁을 해서 [저를] 주십시오 하지를 않습니다. 종로 오가에서 봤는데, [누가] 벌떡 일어나서 "아이고, 어르신 제가 어르신을 엊그저께 봤습니다" [그래요]. 아마, 티비에 나온 [것을 본] 모양이라요.[108] 아마 내 생각에는 우리나라에서 이렇게 해서는 히트하기가 어렵습니다 내가 만약에 작곡을 했다고 하면은 일본이나 미국에서 먼저 알아요. 한국에서는 아

자신과 관련된 신문기사를 스크랩해 놓은 자료이다. 거리의 악사가 된 이후로 구술자는 종종 언론사의 취재 대상이 되었다. 신문뿐만 아니라 KBS나 MBC에서도 구술자를 소재로 한 방송을 내보낸 적이 있다.

건네는 술잔마다 정겨움이 '찰랑'

■ '인생 막회집' 광장시장 음식촌 르포

캐주얼 청년, 점퍼 어르신 어울려
세상사는 이야기하며 술잔 기울여
거리악사 색소폰 연주 술 맛 더해

무도 모릅니다. 낭구 질 때 저쪽을 때려서 이쪽으로 오거든. [그런 것처럼] 일본에서 신문에 나서 잡지에 나온 다음에 우리나라로 오면은 '아, 저 사람을 써야 되겠구나' 하게 하는 스타일이에요. 굉장히 늦지요. 늦어. 내가 물론 거스그를 많이 쌓으려고도 합니다만. 수시로 거시기 [일이] 들어와요. 봉사 사업을 하러 가자고 해도 못한다는 소리를 못합니다. 그냥 가서 밥도 내가 먹어야 되고 하는데. 그런 데를 내가 자주 가요. 근데 "시에프 모델을 합시다" 그래요. 거리의 악사가. 그 엘지라는 게 럭키 금성을 말하는 거야? 뭘 말하는 거야? [잘 모르겠어요] 그래 어떻게 시에프 그러면 어리둥절 안 해요? [그런데] 어디로 나와라 그러더라구요. 그래서 우선에 장소를 [알려 줘요]. 촬영을 해서 회사로 보내야 된대요. 대행업체가 있는 모양이더라구요. 그래 만나자, 그래요. 그린 영광이 어디 있어요? 그래서 "어디로 갈까요?" 했더니, "서울 노인복지회관으로 오세요" 그래서 갔어요. 근데 아직 도착이 안 됐어. 그래서 몇 곡을 하고, 딴 사람은 삼 일 전에 신청을 해야 되는데, 나는 무조건 해드리겠다

무대 공연 그리고 광고의 뮤직비디오 촬영　161

해서, 저는 그냥 해도 된다 해서 내가 한두 곡만 하고 내려가겠다고 했어요. 그래서 촬영을 했는데, 웃어 보라고 하더라구요. 그래서 웃을 수도 있지만 갑자기 어떻게요. (웃는 모습을 해 보이며) 해서 이렇게 했어요. 그런데 그것 가지고는 안 된대요 그래서 (다시 웃는 모습을 하며) 이랬단 말이에요. 그런데 더 웃어 보라 이거야. 그래서 이렇게 (크게 웃는 모습을 취하며) 했더니, 그건 또 너무 웃었대요. 아이고 참, 그래서 어제 거스그를 해 가지고 대행업체에서 해 가지고 그것을 올리고, 그 다음에 촬영을 하면 차가 한 열 대가 가야 한대요. 나는 뭐 내용도 모르고, 나는 시키는 대로 해야 할 것 아니에요. 일어서라고 하면 일어서고. [그래도] 그런 영광스러운 소식을 들었습니다. 엘지, 아! 내가 그래도 엘지 시에프 모델이야. 내가 그런다고 무슨 고현정 씨하고 시에프를 찍을 거시기가 안 됩니다. 고현정이하고도 찍은 사람이다, 이런 사람하고 뮤직비디오를 찍은 사람이다 이렇게 하면, 그런 거 찍은 사람들이 이렇게 다닌다 하면은 그 사람들은 몰라요. 나는 잘 몰라요. 그 사람이 대빵이다 싶으면은 가서 인사하고 잘하고 오면은 되거든요.

그런데 그 복장을 입으신 게 언제라고 하셨죠?

오래됐어요. 이삼십 년 됐을 거예요. 그 전에는 내가 쓰봉(바지)을 입은 게 있더라고, 흰 쓰봉.

그 사진이 혹시 있으세요?

없어요. 참 나한테 남이 준 것도 많고 [하지만] 그게 없어요. 그런 것이 있으면 모으고 싶고, 갖고 싶고 하지만은 주거가 안정이 안 되니까 그게 다 없더라구요. 어제 참 거스그 갔다 왔어요. 한양문화원에.

그게 어디에 있는 거죠?

저기 저 장한평[에 가서] 극영화, 그걸 하나 하고 [왔어요]. 그런데 그분이 뭘 하시는 분이고 이름이 뭔지도 몰라요. 하여튼 나중에 여러가지로 고생하다 보면은 응? [웃음]

그런데 출연료는 얼마나 받으셨어요?

한 주먹을 주더라고요. [웃음] 미리 주더라고요. 우리는 뭐, 하여튼 많아요. 많이 줘. 백만원까지는 아니어도, 거스그에서도 많이 주고, 뮤직비디오도 많이 주고.

돈을 버셔서 어떻게 쓰세요?

남들한테 만원, 이만원 [빌린 것을] 그런 것을 다 갚아 버리고, 아무래도 좀 나태해지지요.

전에 말씀하셨던 뮤직비디오를 봤어요.

누구한테 있던가요? 저는 한 번도 보지를 못했어요.

요즘은 인터넷으로 공개가 돼요. 일단 '이적' 거를 봤거든요. 제일 찾기가 쉽더라구요.

이적 씨하고 박지윤…. 〈난 남자야〉 하고 〈백조〉[를] 제부도에서 찍었는데요. 내가 총을 들고 따라가요. 내가 이 옷을 입었어요. 제대로. 이적 것은 운전수를 했고, (다방에서 계란을 내오자) 전 계란을 안 먹습니다. 예전에는 이십 개씩 먹었는데.

이십 개씩이나요?

네. 날계란을 먹는 것은 내가 어디서 밥을 하고 취사를 할 수 있는 장소가 없어요. 그래서 계란만 먹으면은 든든하고 불도 필요가 없고….

지금은 안 드세요?

요즘은 라면을 먹어요. 라면을 갖다가 신라면이나 이것을 편의점에서 뜨거운 물을 갖다가 그런 것을 먹습니다.

뮤직비디오에서 처음에는 못 알아봤어요. 옷도 다르고, 그때는 수염을 기르셨더라구요.

음. 이적 씨하고 한 것에는 얼마가 안 나오고 박지윤 씨하고 한 것에 많이 나왔어요. 거기는 계속해서 그거를 찍었어요. 이적 씨하고는 운전하는 데 잠깐 좀 해 달라고 해서, 운전을 하시냐고 묻더구만요. 버스 운전을. 관광차라요. 그래 내일 촬영을 하는데 큰일이라요. 그래서 내일 운전을 한다는데, "나는 못합니다" [그랬더니] 아휴, 그럼 입장을 곤란하게 생각하더라구요. 할 수 없이 지게차 끌고 가는 것을 두 대를 가져 왔어요. 운전을 못하니 어떻게 하겠어요? 그냥 나는 잡고만 있었어요. 박지윤 씨 것을 나도 그거를 하나 구할라고 [했는데] 〈난 남자야〉하고 〈백조〉 같아요.

아, 둘 중에 하나요?

아니, 둘을 찍었어요. 두 번이 될 거예요. 〈백조〉하고 〈난 남자야〉하고 한 세트로 나와 가지고 있더라구요. 그거는 〈백조〉라요. 흰 옷을 입고, 난 총을 들고 백조를 잡으러 가요. 겨울인데 물에 들어가서, 신발을 안 신고. 안 시리냐고 해서 시리지만은 하나도 안 시리다고 [그랬지요]. [웃음] 아이고, 뮤직비디오 나온다고 하는데 그런 거스그가 어디 있겠어요.

제가 찾을 수 있으면 찾아서 할아버님도 하나 드리도록 할 게요.

그거는 거스그 밖에 없대요. 교보문고. 다른 곳에는 없대. 교보문고에 있다는데, 시간을 내서 저그 거스그 가니까 하나가 있더라구요. 그런데 비싸서 내가 구하지를 못했어요. 영풍문고, 거기 가니까 〈백조〉하고 두 개가 있더라구요. 하여튼 〈백조〉는 틀림이 없어요. 그거는 내가 총을 들고 싸우러 가는 게 있고, 하나는 박지윤이, 시골집이 있는데 거기서 도망을 나왔어요. 서울로 혼자서. 서울로 와서 고생 많이 했어요. 그 장면을 찍었어요. 나도 박지윤 거를 하나 꼭 구해야겠어요. 아니, 근데 거기를 가니까 있는데 그 동그란 거 뭐라 카요?

디브디요?

응. 디브이디 그게 하나 있는데 삼만원을 달라고 카더라구요. 여러 사람이 있는데. 개인적으로 해 놓은 것은 없고. 박지윤이[의] 〈백조〉라고 쓰여 있는 게 있더라구요. 교보문고에 가면 있대요. 조그만 시디. 그렇게 박지윤이가 많이 찍지는 않았어요. 내가 압니다.

촬영 현장 분위기는 어떻던가요?

워낙에 내가 까불고 다니니까, 내가 부끄러워하지를 않기 때문에 시키는 대로 내가 잘해요. 다시 하라고 하면 내가 다시 하고. 그거를 잘해요. 내가 엔지(NG)인가 그것을 내가 잘 안 내요. 내용을 딱 들어 보면 대강 알 수가 있거든요. 내가 옛날에 따라다니면서 연극 그런 흉내를 내가 잘 냈기 때문에 잘 알아요. 거스그 이야기가 나왔으니까, 뮤직비디오 이야기가 나왔으니까, 거스그 마야라고 있지요. 어제 거스그에 나왔대요. 「열린 음악회」에. 〈독도는 우리 땅〉인가 그걸 뭐. 원래 딴 사람 남자가 불렀는데, 대단하게 부르더라구요. 율동을 하는데 대담하더라구요. 그런데 서대문으로 좀 나오래요. 서대문형무소로 오래요. 갔어. "뭐요?" 하고 물어볼 거 아니겠습니까. 사실 내가 문의를 잘 안 합니다. 나오라카면 나가면 되지. 딴거 있습니까. "오늘 마야하고 뮤직비디오를 찍습니다" 그래요. 나는 마야를 잘 모르거든요. 얼굴을 이래 보고 하니까, 갸가(그 애가) 오늘 주연이라. "아이고, 축하합니다" 하고 인사를 했어요. "할아버지, 부탁을 잘 드립니다" 하고. 자기 거 아니요. 전에 고현정이도 그러드만. 잘 부탁한다고. 그래 형무소에 무슨 역할인고 하면은 독립 투사라고. 갇혔어. 죄수가 있는 데 갇혔어. 나는 누군고 하면은 상해에서 이대통령 그 역할인 것 같아. 이대통령이 시찰이 아니고, 거스그를 한 거야. 방문을 한 거야.

서대문형무소에서요?

하믄. 나는 처음 가 봤어. 실제로도 첨이고, 없어지고 나서도 처음이고. 아, 이렇게 되고 독방이 있고 그런 것을 기념물로서 놔뒀답니다.

그럼 찍은 지 얼마 안 돼서 아직 비디오가 안 나왔겠네요.

그거는 나왔는지 안 나왔는지 모르겠습니다. 그 장면을 대강 보니까, 거기에서 방문을 와 가지고 [뭐, 그런 거라요]. 아휴, 흔드는데 아주 대단하더라구요. 나이가 좀 들었어요. 스물일곱쯤 됐겠어요. 흔들어 제끼는데 기타하고, 뭐 드럼 치는 놈하고 [대단합디다]. 거기서 내가 한 번 찍었습니다. 저쪽에서는 누구랑 한 번 찍었는데, 뭐냐고 하니까 뮤직비디오라고 하더라구요. 중국 여자 써커스 하는 거하고 찍었습니다. 나는 거울을 들고 이래 가지고, 아마 제일 약한 것은 이적 씨하고 한 게 제일 적게 나오고, 나를 알아보지 못하게 적게 나왔어요. 새까맣게 하라고 해서 새까맣게, 예쁘게 해서 안 된다고 꺼멓게 칠하라고 해서 꺼멓게 칠해서.

수염이 있으셔서 더 멋있으시더라구요.

박지윤이 할 때는 더 그래요. 추운데 박지윤이도 욕을 봤고. 왜냐면 추운데 맨발을 벗고 해변에 도망을 가는 기라요. 초창기입니다. 그때는 뮤직비디오를 많이들 찍지 않았어요. 얼마나 드나 그랬더니 십억을 들었답니다. 상당히 돈이 많이 드는 모양이더라구요. 그래서 그런 영광스러운 일을 거스그 해서…. 모두 유명한 사람도 많은데, 나하고 마야하고 찍을 때는 적수 하나하고 허허, 세 사람밖에 없이. 연기하는 사람은. 자기 노래하는 사람은 있지. 악단하고. 한 번 봤으니까 대상 알 것 아닙니까. 일요일날 「열린 음악회」를 하는데 아는 사람 같아요. 마야가 아니냐고 하니까 맞다고 하는데 확실해. 대단은 하드만요. 독도는 우리 땅이고, 대마도는 몰라, 이라는데 대단합디다.

실제로 보니까 잘하던가요?

잘하지요. 그렇게 흔들 줄은 몰랐어요. 보통 요즘 젊은 친구들 열아홉, 스물 하는 친구들은 그렇게는 안 흔들 것 같던데, 머리를 땅에 대요. 어떻게. [웃음] 이런 일이 있었습니다.

그런 곳에 가시면 재미있으시죠?

하믄. 그런데 가면, 여러 사람들이 같이 가면 재미기 있는 모양이더라구요. 부르라케요. 촬영 끝나면은. 캐쉬백인가 뭔가, 「올드보이」에 나오는 사람 유지태하고 강혜정하고. 그때 그걸 찍었어요. 내용도 모르는데, 「올드보이」가 나오고 나서 바로 찍었어요. 뭔가 캐쉬백이라고 하

황혼길 막차

작사　헌　암
작곡　심산유곡
노래　백연화

Dm trot

1. 지는 꽃은 춘삼월에 다시 피건만
   인생 한번 가는 길은 영영 못오네
   세월아 네월아 너만 가거라
   기적소리 슬피우네 황혼길 막차

2. 북망 산천 가는길이 인생 팔십리
   세상살이 갖은 고생 청산 뿐일세
   세월아 네월아 너만 가거라
   잘있거라 이팔청춘 황혼길 막차

3. 뒷동산에 진달래야 보고 싶구나
   소꼽장난 하던 시절 그리워지네
   세월아 네월아 너만 가거라
   울어 울어 울어다오 황혼길 막차

※ 탑골공원 종묘공원을 접한지도 어언 30년 세월
한번 가면 다시는 돌아오지 못할 "황혼길 막차"
한많고 설움많은 눈물만 가득 싣고
기적소리 슬피울며 오늘도 멀리 멀리 저산 너머로 영영
사라져가네
　"잘 있거라 이팔청춘 황혼길 막차"　　─ 거리의 악사

구술자가 직접 작곡한 노래이다. 아직 공식적으로 발표된 곡은
아니지만 앞으로 자신이 직접 작곡한 이 노래를 관객들 앞에서
부를 수 있는 기회를 갖기를 희망하고 있다.

든데, '오케이 캐쉬백' 그런 뭐라요. 일류 배우들하고 손을 잡고 한참 걸어가고, 불이 나는데 불난 데서 튀어 나오고. 같이. 참, 거기는 음식점이 없어요. 라면하고 먹고 하는 게 얼마나 영광입니까. 그래도 그 사람들 상은 하나씩 받았지요. 조연상인가 뭐 영화 찍는 데 상을 받았지요.

촬영 끝나고 회식하고 그런 데도 가시나 봐요?

음. 그래요. 근데 자꾸 제 자랑을 해서 미안합니다. 어제 열시 반쯤 돼서 전화가 왔어요. "할아버지, 여기 텔레비전에 나오는데요" 그래요. "그래요? 정말 영광입니다" 하니까, "이걸 들어 보세요" 하면서 핸드폰으로 그쪽에서 티브이 스피커에 대는 모양이라. 우렁우렁 하는데 뭔지도 모르겠고 [그런데] 또 대고 이라너라구요. 긴 것도 같고 그래요. 나오니까 전화를 했겠지요. 어디서 나오는지 모르겠어요.

열시 반이요?

네. 상당히 오래 나온 모양이라요. 삼십 분 이렇게 나온 것 같아. 어떻게 영광이든지. 누가 가르쳐 줘요. 어느 방송이고 언제 나왔다고 가르쳐 주더라구요. 다니면은. 그 사람은 잘 아는 사람이라요. 그런데 전화를 주셔서 어찌나 감사하든지.

11. 신체와 마음의 아픔

몸이 안 좋다고 하셨잖아요?

제가 남한테는 전혀 그런 얘기들을 하지 않습니다. 어쩌면 서울 여기에 한양대학부속병원에서는 유명한 의사가 나를 장애인으로 할라고 한 것이 아니고, 내가 그 장애인으로 어떤 판정을 받을라고 한 것이 아니고, 내가 사실은 장애인이라는 얘기를 전혀 하지를 않습니다. 그렇게 말하기가 부끄럽습니다. 내가 잘못해서 이렇게 된 것인데, 내 이 아픈 상처가 있기 때문에 부속 병원에 찾아가서 "진찰을 좀 해주십시오" [그런 것이지] 내가 장애인으로 판정을 받을라고 그런 것이 아니고, "이것을 수술을 받아야 하느냐 아니냐 이것만 좀 가르쳐 주십시오" 해서 갔습니다. 몇 번 촬영을 하고 해 가지고, 이것을 보고는 "언제 다치셨습니까?" 그래요. 그래서 "내가 어렸을 때, 내가 그 말타기를 했는데 다쳤었고, 씨름을 하다가 또 부딪혀서 양쪽을 다 부딪혔습니다" [그랬지요]. 남한테는 절대 [이야기]하지를 않습니다. 일을, 오륙십 년 동안 일을 하고 다녔습니다. 그래서 장애인의 진단이 나왔어요. 그래서 이 진단을 절대로 남한테 보여주지를 않고 [합니다]. 하나 [덕을] 볼 때가 있습니다. 열차 탈 때에 이렇게 보이면은 노인은 삼십 퍼센트를 혜택을 받습니다만, 우리는 오십 퍼센트를 혜택을 받습니다. 그래서 많은, 정부의 유익을 받고 있습니다. [말타기를 할 때] 그때도 참 개구쟁이로 다니는데, 친구 집에서 이거를 했는데 그때도 힘이 세고 그러지 못했어요. 하나가 타면은 그 위에 또 타고 또 타고 하니까 누가 견뎌 내겠어요. 꼬마가 밑에서 이렇게 하고 있는데, 그 키 크고 이런 사람들이 위에서 누르고 하니 견디겠어요? 자빠져서 나 죽는다고 해도, 웃는다고. 그래 가지고 나중에 보니까 이렇게 툭 붉어져 가지고 뭐 그때는 이걸 어디 병원이 없어서 침 놓는 데를 갔어요. 우리 형님하고 머슴하고, 침 놓는다고 하니까 여기를 잡으래요. 하나는 머슴이 이쪽을 잡고, 이쪽은 형님이 잡고. 그 침 놓는 사람이 여기를 잡아댕기는 거라요. 세상에 아픈데 이렇게 잡아댕기니까 [죽겠어요]. 또 잡아댕기고 그러다 막 밀어요. 그래서 이렇게 해서 버드나무를~ 뒤에 알았는데 버드나무가 잘 휘어지지를 않는대요. 그래서 이 버드나무를 이래 해 가지고 막 묶었어요. 뭐, 묶고 다녀도 거의 결석을 안 하고 다녔어요. 그래 가지고 이것을 했는데, 수술을 해 가지고 했으면 되는데, 이게 잘못해서 이 손으로 (색소폰을 가리키며) 이것을 들고 다니면은 참 힘이 듭니다. 이걸 또 씨름하다가 또 다쳐 가지고… 중학교 때나 됐어요. 친한 친구하고 서로 하다가 서로 자빠졌는데, 나만 다치고. 그래 놓고 나니까 내가 이런 것을 못합니다. 내가 국가 건설 작업에 이바지를 해야 하는데, 못합니다. 왜냐면 몸이 약해 놓으니까. 전혀.

씨름하다 다쳐서 집에 들어가니까 가족들이 뭐라든가요?

그때는 아프기만 아프지, 원망하고 싶거나 그런 것은 전혀 없었어요. 누구랑 했냐고 해서 말을 했지요. 그랬더니 그 집 부모님들이 와서 손을 다쳤다면서 뭐, 대단했지요. 그렇게 거스그(위로)를 해주고, 말 탄 사람들은 다 와서 아이고 우리 아들이 그랬다면서 [사과를 했어요].[109]

혼은 안 나셨어요?

혼을 나기보다는 어떻게 하면 낫고 그런 것만 거스그 하지. 혼을 내고 그런 처지가 못 되죠. 막 다쳤으니까 막 나을라고 거스그를 하지.

증명서를 좀 보여주실 수 있으세요?

증명서는 상대방에게 잘 보이지를 않습니다. 이거는 내 개인적인 신상에 거스그 하는 일도 있고 해서 별로…. 그냥 장애가 있다는 것만, [웃음] 장애인이고 이런 것은 내 개인적인 것이기 때문에, 내가 장애가 깊어요. 그래서 잘 이야기를 안 해요.

구체적으로 어디가?

내가 위골 골절이라요. 이렇게 빗나가고, 부러지고. 이걸 수술은 안 됩니까, 그랬더니 이것은 안 됩니다. 이것은 뼈가 늘어났기 때문에 그 사이에 살이 다 차 버렸대요. 그러면 이것을 다 긁어내야 한대요. 그러면 그 고생이 참 오래 간대요. "특별한 뭐가 없으면 그대로 수술하지 말고 있으십시오" 그렇게 병원 의사가 그래요. 하도 내가 이 손이 아프고 그래서 마시못해서 수술하라면 할라고 찾아갔었어요. 그런데 거기서 장애인 [판정을 받은 거예요].

환갑은 지나서 가신 건가요?

아마 그 정도쯤 됐을 거예요.

그전에도 아프셨어요?

아팠죠. 그런데 내가 병원을 잘 안 갑니다. 미련한 놈이에요. 딴 사람한테 이런 얘기는 전혀 감춰 버리고 내가 운동을 해서 그런다고 [말합니다]. 남한테 내 불편한 점을 말하고 그런 것 말입니다, 내가 아직까지 활동할 능력이 있어서 그런 건지는 모르겠지만, 내 약점을 보여주는 게 싫습니다. 이 지끼지는 [병원에 길 때에는] 아파서 갔시요. 그때는 내가 무리를 했어요. 도저히 이 색소폰을 메지를 못하겠어요. 이것을 안 메년 어떻게 거리의 악사로서 다니겠어요. 그래서 할 수 없이 수술을 할라고 갔어요.

요즘 가족과의 관계에 대해서 이야기해주세요.

사실 내가 고향에도 잘 가지를 못합니다. 갈 수도 없습니다. 이산가족이 오십 년이라고 합니다만은 나도 한 사십 년간은 [고향에 가지를 못했습니다]. 같은 하늘, 같은 땅에서도 고향에를 많이 가지를 못하는 사람들이 많이 있습니다. 그런 얘기들은 많이 있습니다. 주위에 인척들도 많이 있는 걸로 알고 있어요. 찾아오지도 않고, 나도 찾아가지도 않고, 가족들도 있지만은 전혀 거서기입니다. 내가 다른 것은 없고, 그쪽에서 오는 것도 그렇고, 내가 가족 관계에 있어서는 이런 활동을 하는 것을 싫어하는 정도가 아니고, 전혀 싫어합니다. 내가 이야기하지 않았습니까. 내가 종로 주위에서 색소폰 분다 하면은 동대문에서부터 볼일이 있으면은 이 주위에 손발을 여기다 다 태는 것입니다. 만약에 내가 모 방송에 나간다 할 것 같으면 당신이 왜 이런 거스그로서, 당신 거스그로 왜 우리까지 끼어들게 하느냐고, 당신이 뭐냐고, 당신이 하면 되지, 왜 우리까지 그래야 하냐고. 그런데 모 방송국에서, 참 오래된 이야깁니다. 그냥 난리가 났었어요. 나는 뭐 그런 것에 대해서 관여를 하지를 않고, 오라고도 하지 않습니다만, 어떻게 나 몰래 아주, 할머니하고 뭐 대단했던 모양이에요. 귀통이(귀싸대기)도 올라가고 뭐 대단했던 모양이에요. 어떻게 하겠어요. 미안하고 [하지만] 그 사람들도 어떻게 할 수가 없어요. 그래 가지고 그 뒤에 내가 탈렌트, 유명한 분이라고요. 그런데 그 사람이 [나한테] "뭐, 안 맞아 죽었소" 그래요. 아마 그걸 거스그 한 것 같애. 찾아왔던 것 같애. 그래 가지고 거기 신문이나 잡지나 이런 방송에 나올 때마다 [가족하고 거리가 이렇게 [멀어지게] 돼요. 그 관계가 있습니다. 서로가 이념과 사상이 서로 전현(전혀) 다르기 때문에 이런 거스그, 이런 사진이 이런 데 나올 것 같으면 뭐, 몇 년간은 다시는 전화 한 통화 이런 것도 없고, 오지도 않고, 전혀 이런 거스그가 없고 하니까. '내가 뭐, 시켰어' 그래도 "그런 것이 아니라, 전현 뭐 그런 거스그를 하냐" 고 말이죠. 간단히 말하면 서로가 도장을 찍거든 [모르겠지만] 서로가 법적으로는 됐는가 안 됐는가는 모르겠지만 그런 것이 한 번, 두 번이 아니었어요. 그래서 가 가지고 [집의 사람이] "당신네들이 뭐냐고, [왜] 내 신상에 대해서 [알려고 그러느냐. 그 사람에 대해서 [조사]하면 그 사람만 하지, 왜 그러냐" 이래 가지고, 내가 미안해서 죽겠어요. [집에서는] 전혀 이해가 안 돼. 어떻게 해서 저렇게 이해가 안 되는지. 고만 간단히 말하면 내가 코앞에 있어도 이 사람이 뭐냐고, 나는 모른다고 [그럭다더] 뭐, 벌떡 일어선 그런 거스그라고. 그래서 나라는 사람을 그냥 대번에 경찰에다 갖다가 고발을 해 버렸다고. 왜 나한테 이렇게 하느냐고. [그러니까 내가 도저히 거스그 해서(미안해서), 내가 그래서 집안 살림에 대해서는 도저히 [신경을 쓸 수가 없어요]. 내가 이렇게 되니까, 저절로 떨어져 버리는 거라. 나도 내가 그렇게 구애(구속)를 받고 살고 싶지는 않습니다. 뭐, 내가 간(가는) 길은 누가 뭐래도 막지를 못합니다. 막을 수가 없을 겁니다. 당신 일은 당신이 하고, [집안에] 일이 많지만은, 내가 볼 수 있지만은 이런 [집안에 일이 있어도] 전현 [연락을] 하지를 않습니다. 그 사람들도 내가 길바닥에서 누워 자도 전혀 이런 것에 대해서 관여치를 않아요. 이래서 참 내가 어려운 일이 많아요. 나에 대해서 어떻게 해도 한 사람, 두 사람이 아니라 여러 사람들이 이런 일[에 관련이 되어] 있었어요. 뭐, 내가 아나? 그래 가지고 전현 거스그를 못했죠. 그래서 내가 어디 살고 있으며, 누가 뭐며, 어떻게 낳는지, 어떻게 했으며, 사위 같으면 사위가 누구고, 며느리는 어떻고 내가 전혀 모릅니다. 마지막에 내가 양로원에를 갈 거스그가 있지만은 아직까지는 이런 친척을 찾아갈라고 거스그를 안 합니다. 내가 될 수 있으면 술이나 담배 거스그를 안 하고, 내 몸을 내가 지킬라고 상당히 노력을 합니다. 내 주위에 나를 지켜 줄 사람이 없다 해 가지고, 난 놈(남)들에게 손을 벌리기보다도 내가 이렇게 불고 다니지만은 내가 돈 십원 하나도 어디다 손을 벌려서 달라고 하지는 않습니다. 내 음악에 느낌이 있고 가치가 있으면은 혹 맘에 드시면은 이런 것을 하면[110] 어떻겠는가, 내 마음속으로 생각밖이지(생각뿐이지) 그런 것은 없습니다.[111] 내가 탑골공원에 가서도 가식적인 것이 되겠습니다(됩니다). [돈을] 갖고 싶기도 하지만은 탑골공원에서 이렇게 만원을 주는 경우도 있습니다. 특히 시골에서 올라오신 분들이 많이들 그럽니다. 그럴 때에는 내가 딱 제일로 가까운 데 계시는 할아버지한테 줘 버립니다. 그래서 소문이 났습니다. 이 사람은 십만원, 이십만원을 줘도, 음료수를 줘도 먹지를 [않는다고]. 그거는 대중적인 거, 봉사를 한다는 그런 뜻도, 그런 정신을 가지고 있다는 것을 내가 암암리에 알리는 [것입니다]. 이렇게 하다 보니까 방송국에 가게도 되고, 거기에는 일류 탤런트들이 다 거스그를(아는 척을) 해 주십니다. 앉아 있다가 일어서서 "참, 요즘 좋은 일들을 많이 하시죠" [그럽니다]. 그 사람들은 나같이 가식이든 어떻든 간에 이름이 나기는 나보다 못해요. 봉사에 관해서는. 복지관에 많이 가고 또 탑골공원에 그래서 이름이 나 가지고, 그런 사람들이 내 손을 잡아 주고 그럴 때에 내 마음이 참 [뿌듯합니다]. 그래서 내가 그런 공동적인 사업을 못할 사람인 것 같아요. 상당히 내가 다른 사람을 포섭을 하거나 그런 게 적어요. 그랬기 때문에 "나하고 같이 다닙시다. 같이합시다" 그러지를 못해요. 이렇게 하면은[112] 내가 상당히 좋지요. 이렇게 일을 창출해 내고, 일본에 가 있는, 죽었는지 살았는지는 모르지만, 이희상이라고 좀 찾아가서 "이렇게 하는데 어떻게 할까요?" 이럴 수가 없어요.[113] 그렇기 때문에 이런 일들을 하지를 못하고 있습니다. 그래서 또 가서 내가 고향이고 어디를 찾아본 적이 없습니다. 내가 명절, 구정, 신정을 내가 탑골공원에서 명절에 걸려서 합니다. 그때는 어디에서도 오지를 않고, 매스컴에서도 오지를 않습니다. 그래서 고향에를 가지를 않습니다. 내가 어디에서 자는지 그런 것도 모르고 있습니다.

명절에도 계속?

네, 하믄요. 명절에도 계속해서 나옵니다. 누가 나를 오라고 하는 사람도 없고, 갈 곳도 없고. 여기는 뭐 탑골공원도 그렇고, 여기 탑골공원도 몇 명은 장사를 해요. 사정이 있어서. 내가 알고 있습니다. 이렇기 때문에 내가 딴 데로 가면은 일반 식당에 가서도, 몇 시에 오라고 그러면 거기에 가서 불고 오고 그렇습니다.

지금까지의 인생에 대해 후회 같은 것은 없으세요?

결혼 이후에 우리가 생활이 상당히 어려웠고 그랬기 때문에 그 이후에서 지금까지가 거의 떠돌이 생활을 했습니다. 오늘날까지 내가 직장을 한 번도 찾아본 적이 없습니다. 이렇게 떠돌아다니고, 그래서 그 생애가 상당히 길지요. 그래서 그 부분적인 그 무엇을 이런 이야기는 이 사람이 떠돌이, 자유분방, 자기 마음대로, 누구에게 얽매여서 일을 하는 것, 노래와 연극과 영화는 떠나서는 살 수 없는 사람이라는 것을 이해를 하고 내 생애를 갖다가 알아야지. 왜냐면 난 그런 생애밖에 없습니다. 내가 이렇게 떠돌아다닐 때 집이 있겠습니까, 직장이 있겠습니까, 집에서 나온다 싶으면 거의 떠돌이 생활입니다. 그쪽에 허락이 되는 한도 내에서 돌아다니고 그랬을 거예요. 그래서 계속 돌아다닌 거예요. 그랬기 때문에 여러가지의 일들을 많이 봤습니다. 여러가지를 느끼기도 하고, 험한 것도 보고, 기쁜 일도 많이 보고 그런 이야기를 해야 하는데, 그런 것은 보고 느낀 것이기 때문에 그래서 유익이 되고 그런 것이 아닙니다. 내가 눈으로 보고 깊이 연구를 하고 그런 것이 아니고, 나는 떠돌이고 그렇기 때문에 내가 사는 것을 봤을 때, 좋은 것이 그렇게 많지를 않습니다. 이런 생애를 하면은요, 정상적인 사람들이 나 같은 생활을 한 달만 하면은 대번에 못하고 폐인이 됩니다. 내가 왜 그러냐면, 지금 거리에서 떠돌이로 다니는 사람들은 어느 사람은 남이 식사를 한 것을 주워서 이렇게 먹는 사람도 있고, 안주도 없이 술을 어떻게 구해서 술만 마시는 분도 있고, 돈은 없는데 어떻게 담배는 계속해서 구해서 피우는 사람이 있습니다. 그래서 내가 생각할 때, 내가 바로 그런 사람이다, 그렇게 떠돌이 생활을 하면서도 그래도 내가 정신은 차려야겠다, 이런 것을 가지고 있습니다. 일을 해 달라 그러면 그래 내가 나가지 하고, 싸워 나갑니다. 만약에 그런 생활을 한 달만 하면은 정상적인 사람들도 안 됩니다. 그래도 내가 그렇게 살면 안 되겠다 그런 생각이 든 모양이야. 그래서 술도 내가 일절 먹지를 않고, 날 거리의 악사로 알고 있는데, [거리의 노숙자들] 이런 사람들이 참 술이 대단합니다. 담배도 많이 하고. 그런 사람들과 입장은 똑같습니다. 입장은 하나 다를 게 없습니다. 하지만 그 사람들하고 생활은 똑같은데, 지하 역에서 자지만, 서울역 거기에서 자지만, 될 수 있으면 그 사람들보다는 조금 거스그를 해서 입장은 같지만은 그래도 내가 돈이 조금 있으면 작은 여인숙이라도 [들어가는데] 그런 데는 보일러도 돌아가지 않고, 그런 데는 들어가면 초저녁에는 좀 따뜻한데 새벽에는 으슥합니다. [그래도] 베개나 이런 것이 내가 집에서 자던 것보다 낫습니다. 그런 것을 생각을 하고, 그리고 나는 능력도 없고, 그래서 내가 노래를 좋아하니까 어디를 가면 내가 드럼을 치기도 합니다. 어쨌든 내가 내 힘으로 풀칠을 해야 되겠다 하고, 떠돌이 생활을 하면서도 생각을 합니다. 그래서 내가 어디 가면 될 수 있으면 저자세로, 나보다 나이 어린 사람들도 "야!" 하면은 "네" 하고 저자세를 하고, 그런 것을 사실 좋아합니다. 입장도 그렇고. 그런 것을 조금 생각하고 경험을 쌓고, 이래서 피리를 불고 색소폰을 불고. 그렇게 색소폰이 소리가 좋고, 사람들도 바라보는 것이 좋고, 어느 때는 십원짜리라도 던져 주는 사람들이 있고. 내 원 생각은 이런 것을 받을라고 하는 것은 아닌데, 그러나 그런 것이 오래되고 하니까, 그런 십원, 백원, 천원을 받게 됩디다. 그래 받게 되니까, 그런 돈이 늘어나는 겁니다. 그런 사람들이 지나가다가 '나 좀 주십쇼' 그럽니다. 그러면 나도 가진 게 많이 없으니까 다 주지는 못합니다. 그래서 내가 여인숙 같은 데 데려가서 자게 돼요. 어느 때는 눈물이 글썽할 때도 있고 그렇습니다. 그러면 내가 그럽니다. '네가 못난 것은 네가 자초해서 그런 것이지, 잔소리하지 말라' 고 꾸중을 합니다. 그렇게 생애를 하다 보니까, 게다가 한 여인숙에만 가는 것이 아니고, 다른 집에도 갔을 거고, 지방도 갔을 거고, 그러다 보니까 이런 일들이 계속돼서, 일이 어떻게 하다 보니까 시간은 가지요. 그런 생애가 지나갔다고 볼 것 같으면, 이런 것을 이야기해야 이해가 돼요. 순간적으로 말씀드릴 것 같아도 이해가 [될 것 같기] 때문에 처음하고 그런 것을 말할게요. 그렇게 하다가 조그마한 피리에서 기타, 드럼, 북 같은 것을 하다 보니까 이렇게 색소폰으로 해 가지고, 이렇게 야시장 이런 곳에서 심부름을 하다가 [했어요]. 심부름도 뭐 좋은 게 아닙니다. 뭐 대접이 좋고 그런 게 아닙니다. 늘 치고 다니고 그렇게 하다가 그중에도 음악이 있었습니다. 연극이 있었고, 영화가 있었습니다. 이렇게 하니까 내가 가지고 있는 정신적인 것에는 굉장히 도움이 됐습니다. 왜냐면 내가 어저께 무슨 음악을 듣고, 무슨 영화를 보고 그런 행동들을 봤어요. 아, 그렇게 하는 행동이구나. 아, 연극을 했는데 그 사람은 이렇게 하는데, 이거는 이렇게 하는 거구나. 연극도 얼마나 구경을 하고 이랬는지 [몰라요]. 그래서 거기서 많은 것들을 [배웠습니다]. 그러다 내가 흰 옷을 사다가 젊었을 때 입고 다닐 때도 있었습니다. 그런데 집이 없고 하니까, 빨래하기도 뭐 하고 그래서 이렇게 [더럽게] 되니까, 거지 중에도 [상거지 취급을 하더라고요]. 다방에 들어가니까 백 원을 줘요. 그때 내가 사실은 돈이 있어서 차를 마시러 갔었습니다. 그런데 그때는 레지라고 했었죠. 그래서 앉아서 "사실은 커피를 먹으러 왔습니다" 하니까 이렇게 그 아가씨는 [쟁반을] 들고 가 버렸어요. 글고(그리고) 좀 있다 지배인이 왔어요. "참 죄송합니다, 잘못했습니다" 하더라고요. 내가 뭐 그런 복장을 하고 있고, 누가 봐도 그렇습니다. 이해를 하십시오. 그래서 커피를 두 잔 시키고, 지배인의 인사를 받고 나온 적이 있습니다. 그런 것에서 나는 깨닫습니다. 남에게 실례를 해서는 안 됩니다. 그러다 이렇게 옷을 이렇게 가다듬었습니다. 그렇게 옷이 누추하고 그러면 '그렇게 없는 사람처럼 보이지 말자' 이런 것을 느끼게 되고, 옷도 그렇게 해서 조금씩 달라지게 되고, 그래서 하루에도 거울을 몇백 번씩을 안 봅니까. 그래서 모자도 한 번 써 보고, 처음에는 모자도 이런 모자가 아니었습니다. 그래서 그렇게 해 가지고 거스그 하다 보니까, 그래서 이렇게 옷이 바뀌고, 색소폰으로 바꾸고, 우리가 말하는 칠순, 팔순 그리고 조그마한 공연장에서 공연도 하고, 그래서 예전에는 그렇게 자던 것을 지금은 여관이나 모텔 같은 곳에서 살 수 있는 이런 생활이 됐습니다. 그런 생애가 그렇게 커 왔다는 것을 생각해 두십시오.

1. 사촌 동생의 구술에 따르면 그의 실제 출생 연도는 1936년이다. 구술자 역시 나중에
   자신이 1936년생이라고 밝히고 있다.
2. 실제 이름은 이호영이다.
3. 교회에 다녔는데도 불교식 이름을 사용하고 있는 것에 대해 말하고 있다.
4. 전라북도 '장수군'이 맞다.
5. 여러 개의 군이 인접해 있는 지역이라는 뜻이다.
6. 정확히는 함양군 병곡면 송평리이다.
7. 구술자가 간투사로 쓰는 말이다.
8. 문맥상 '볕'을 뜻한다.
9. 큰누나가 대중예술에 종사하고 있었던 일을 가리킨다. 이호영의 큰누나는 1939년 미
   스코리아라는 예명으로 태평레코드사에서 음반을 낸 바 있으며, 해방 이후에는 연극,
   영화 분야에서 활동했다.
10. '용납할 수가 없고'의 뜻이다.
11. '고향을 찾아가 보지 못한 지가'의 의미이다. 구술자는 '거시기'라는 말을 '거서
    기' 혹은 '거스그'라고 발음하고 있다.
12. 각주 8번 참조.
13. '모'라는 표현도 구술자가 자주 쓰는 간투사이다. 구술자에 의하면 정애란 씨는 단
    성사 근처에서 다방을 경영한 적이 있다고 한다.
14. 정애란 씨를 가리킨다.

15. 구술 내용 중 '육촌'은 모두 '오촌 당숙'을 가리키는 표현이다. 그런데 사촌 동생의 구술에 의하면 당숙 중에서 동경제대를 졸업한 사람은 없었다고 한다. 구술자 역시 뒤에 가서 '동경제대'가 아니라 '와세다 대학'이라고 말을 바꾸고 있다.

16. '남동구'라는 이름의 서울시장은 존재하지 않는다. '남동구'라는 사람이 당시 고향 마을에서 상당 정도의 세력가였음을 강조하려는 의도에서 나온 구술로 보인다.

17. '청년단장'은 우익 계열에 속해 있었기 때문에 사촌 형이 좌익 활동을 했다는 내용과는 상충하는 표현이다.

18. 보도연맹에 가입한 사람들을 처치하기 위해 산으로 끌고간 일과 관련된다.

19. 미군과 한국군 둘이서 보도연맹 가입자들을 총살시켰다는 뜻이다. 하지만 70명 정도를 총살시키는 데 두 사람밖에 동원되지 않았다는 것은 언뜻 보아도 이해하기 어려운 대목이라 하겠다.

20. 끌려간 사람들의 가족을 가리긴다.

21. 연극이나 영화를 가리킨다.

22. '한국대중예술문화연구원'에서 발행한 『한국대중가요사 I』(2003)에 의하면 이 노래의 발표 당시 제목은 〈백두산 바라보고〉(작곡 전기현, 작사 박영호, 노래 미스코리아, 1939년 태평레코드사)이며, 뒤에 〈백두산타령〉으로 제목이 바뀌었다. 이 밖에도 미스코리아가 부른 노래로는 〈금강산이 조흘시고〉 〈금수강산〉 〈달 갓흔 님아〉 〈마의태자〉 〈오- 내사랑〉 등이 있다.

23. 구술자는 '햇님국극단'의 초대 단장이 '이해랑'이었다고 기억하고 있으나 이는 사실과 다르다. '햇님국극단'의 초대 단장은 김주전이었디.

24. 1924년 혹은 1934년(2004년 고양문화재단 감독을 맡았을 당시의 나이가 69세-헤럴드 경제신문(2004년 11월 18일자 참조)) 7월 23일생(2007년 현재 이미 사망)으로 한국방송공사 방송위원을 지냈다.

25. 홍성기 감독의 영화 「미싱일기」(1949)에 주연 배우로 발탁되었으며, 1950년대 샘표간장 광고에 출연하기도 했다. 1970년대에 서울 관악구 남현동 '예술인마을'에 살았다는 기록이 있는 것으로 보아 주중녀가 북한에 가서 결혼했다는 이야기는 사실과 다른 이야기라고 하겠다.

26. 발표 당시 이 곡의 제목은 〈백두산 바라보고〉이다. 각주 23번 참조.

27. 사촌 동생의 구술에 따르면 '이순이'의 본명은 '이진순'이다.

28. 신나라레코드사에서 발간된 음반을 가리킨다.

29. 사촌 동생 이북호의 구술에 의하면 당시 구술자의 집에는 축음기가 없었다고 한다. 그러므로 큰누나가 축음기를 구해서 노래를 따라 부른 것이 아니고, 다른 곳에서 축음기를 구경한 뒤 노래에 관심을 갖게 되었다고 보아야 할 것이다.

30. 사회주의 사상을 가리킨다.

31. 김사분이 누구를 가리키는지는 확인하기가 어렵다.

32. 나무 등걸이나 전봇대 같은 곳을 가리킨다.

33. '누나가 지방에 공연 갔다고 그러면'을 잘못 말한 것이다.

34. 누나의 아들을 가리킨다.

35. 말년에 누나가 임춘앵과 함께 일했음을 의미한다.

36. 정확히는 보통학교가 아니라 '병곡국민학교'이다. 질병과 집안 사정으로 해방되기 1년 전인 1944년(당시 10세)에 입학했다. 따라서 일본에 대한 초등학교 시절의 기억은 나중에 재구성된 것들도 있다.

37. 일본어 독본을 가리킨다.

38. 사촌 동생의 구술에 의하면 그는 다른 학생들보다 좀 늦은 나이에 입학을 하긴 했지만 1950년 3월에 '병곡국민학교' 육학년을 마치고 졸업했다.

39. 당시 구술자의 집에는 축음기가 없었다. 따라서 축음기와 관련된 구술은 사실과 다른 대목이다.

40. 「티브이는 사랑을 싣고」라는 방송 프로그램의 제작진이 일본에 가서 이희상을 찾으려다 실패했다는 이야기이다.

41. 이 영화는 1948년 김영순 프로덕션에서 제작하여 '우미관'에서 개봉하였는데, 관객이 십만 명에 이르렀다고 한다.

42. 구술자와 이희상 두 사람을 가리킨다.

43. 육군 첩보부대를 가리키는 말로 'Headquarters of Intelligence Detachment'의 약어이다. 이 부대에서 북파 공작원을 파견하기도 했다.

44. 18~19세쯤 고등학교에 입학한 것으로 보인다.

45. 경상도에서 태어나 전라도에서 학교에 다니게 된 일을 가리킨다.

46. '다릅니다'가 정확한 표현이다.

47. 옆으로 부는 피리인 '횡적(橫笛)'의 일본어 표현이다.

48. 집을 팔아 먹은 것은 아니다. 구술자의 집은 지금도 고향 함양에 남아 있다. 지금까지는 구술자의 사촌 동생이 관리를 하고 있으나 앞으로 그 집의 운명이 어떻게 될지는 알 수 없다.

49. 문맥상 '잘 관리해서 재산을 불려 가겠어요?'의 의미이다.

50. 구술자가 처음 서울에 있는 누나의 집을 방문한 것은 병곡국민학교(6·25 이전)에 다니던 시절인 듯하다. 전쟁 기간에는 누님의 가족과 함께 용인에서 피난 생활을 했으며, 이후 고향에 내려가 중학교 과정을 마치고, 남원으로 가서 고등학교 과정을 마친 다음 다시 서울로 간 것으로 보인다.

51. 자신이 노래를 무척 좋아한다고 말하려다가 문맥에 어울리지 않은 표현을 사용한 경우이다.

52. '이미 본 것'이라는 의미이다.

53. 극장이나 유흥업소의 출입구를 지키는 사람.

54. 문맥으로 보아 '그렇게'의 의미를 지닌다고 하겠다.

55. '가정부' 혹은 '식모살이'를 의미하는 것으로 보인다.

56. 서울이 수복된 것은 9월 28일이다. 따라서 '구이팔수복'이 정확한 표현이다.

57. 구술자가 군에 입대할 무렵(1956년 전후)에는 제주도에서 신병훈련을 받을 수가 없었다. 나중에 구술자도 이것이 사실과 다르다고 확인해 준 바 있다.

58. 구타한 상급자가 다른 부대로 옮겨 간 일을 가리킨다.

59. 구술자의 뒤를 봐 준 군대 안의 권력자를 가리킨다.

60. 구술자가 공인중개사 시험 공부를 했는지 모르지만 시험에 합격한 것 같지는 않다.

61. 사촌 동생의 구술에 의하면 구술자는 어린 시절부터 용 변 같은 것에 소질이 있었나고 한다. 그렇나고 해도 각종 시상 관련 구술은 상당 정도 과장된 면이 있다.

62. '그렇게 어린 나이에 교회에 갔었는데'라는 뜻이다.

63. 헌금 바구니를 카리킨다.

64. 제칠일안식일예수재림교회를 가리킨다.

65. 교회에 다니기 전에 운명철학을 하던 일을 가리킨다.

66. 사주나 관상을 보는 일을 가리킨다.

67. '과학적'을 잘못 말한 것이다.

68. 구술자의 부인을 가리킨다.

69. 고향 함양에 있는 '수동교회'에서 1963년경 결혼식을 올렸다.

70. 거리의 악사가 된 이후 그는 텔레비전 프로그램이나 뮤직비디오, 광고 등에 자주 출
    연하게 된다. 그가 출연한 비디오 테잎을 가리킨다.

71. 구술자의 아내를 가리킨다.

72. 섀미(chamois)의 잘못된 표현으로 영양·염소·사슴 등의 부드러운 가죽을 가리킨다.

73. KBS 텔레비전 프로그램을 말한다. 이 밖에도 실제로 확인한 바에 따르면 그는 MBC
    방송국의 「생방송 화제집중」에도 출연한 바 있다.

74. 손님들이 '공짜로 술을 마시라고 하면 안 마실 수도 없고'의 뜻이다.

75. '매니저'를 '멤버'라고 말하는 듯하다.

76. 술집 아가씨들에게 붙어 있는 고유 번호를 말한다.

77. '불이 나 가지고'의 뜻이다.

78. '색소폰'을 가리킨다.

79. '소화기'를 가리킨다.

80. 손님 중에서 가장 돈이나 힘이 있어 보이는 사람을 가리킨다.

81. 문맥상 '왜냐하면'이 맞다.

82. 수금한 돈으로 영화를 보았다는 말이다.

83. 구술자는 〈백두산 타령〉의 가사 내용 중 일부로 기억하고 있다.

84. '사회자가 하는 일과 같은 것'이라는 뜻이다.

85. 2005년 9월 현재 탤런트 부단장으로 활동하고 있었다.

86. '나중에는'이 정확한 표현이다. 다음 문장에 나오는 '지금은'도 마찬가지이다.

87. 여기에서 구술자가 말하는 유랑극단은 '야시장'에서 손님을 끌어 모으기 위해 공

연하는 단체를 가리키는 것으로 보는 것이 타당할 듯하다. 왜냐하면 구술자가 '햇남국극단'의 공연을 보았을 가능성은 있지만, 실제로 '햇남국극단'을 따라다녔다고 보기는 어렵기 때문이다. 구술자는 당시 '햇남국극단'의 단장이 '이해랑'이었다고 기억하고 있으나 이는 사실과 다르다. '햇남국극단'의 전신은 '여성국악동호회'라 할 수 있는데, 1948년에 결성된 이 단체는 「햇남달님」이라는 여성국극을 공연함으로써 당시 대중들에게 커다란 인기를 누렸다. 하지만 2년이 채 안돼 해산되고 말았다. 그후 1950년에 김주전이 '여성국악동호회'의 법통을 계승하여 재조직한 단체가 '햇남국극단'이다. 이 극단은 1950년대 중반까지 공연 활동을 활발하게 전개했다.

88. 문맥상 '힘든 일'을 가리킨다.

89. 각주 86번 참조.

90. 실제로 탤런트들이 출연했다기보다는 델린드를 닮은 사람들이 출현한 것으로 보는 것이 타당하다.

91. 구술자가 최근까지도 이런 일을 하고 있기 때문에 '탑골공원'에서 일한 이야기가 뒤섞여 나오고 있다.

92. 체구가 작고, 복장이 우스꽝스러워서 당시에 마술 같은 것을 했을 거라고는 사람들이 생각하지 않았을 것이라는 말이다.

93. 경양식집 같은 곳을 가리킨다.

94. 가방 속에는 최지우와 같은 여성 탤런트의 사진을 코팅해 놓은 것들이 몇 장 들어 있었다.

95. 따로 영양 보충을 하는 것은 없다는 이야기이다.

96. 구술자가 가지고 있는 비타민제가 몸에 좋다는 말이다.

97. 웅변 같은 것을 해서 성격을 외향적으로 바꾸지 않을 수 없었다는 이야기이다.

98. 웅변 이야기를 한참 하나가 앞에서 이야기한 홈스(폭갠니) 이야기를 다시 언급하고 있다.

99. 구술자 자신을 가리킨다.

100. 거리의 악사가 공연하고 있는 '거리'를 가리킨다.

101. 대학로에 있는 재즈카페를 가리킨다.

102. 종로구 낙원상가 근처에 있는 목욕탕을 가리킨다. 이곳은 거처라기보다는 그가 매일 목욕을 하기 위해 들르는 곳이다. 탈의실에 일부 공간을 얻어 책과 짐 등을 놓아두고 있다.

103. 한문본이라는 의미이다.

104. 낙원상가 근처의 '에메랄드 목욕탕'을 가리킨다.

105. '연주를 한다고 하니까'의 뜻이다.

106. '앰배서더 호텔'을 가리킨다.

107. 오랫동안 모자를 써 왔기 때문에 이마에 생긴 주름이 잘 지워지지 않았다는 이야기이다.

108. 이후의 구술 내용은 텔레비전에 나온 구술자를 보고 'LG 전자'에서 광고 촬영을 하자고 부탁해 온 일을 두고 하는 말이다.

109. 구술자의 집안이 당시 동네의 지주 계층이었기 때문에 다른 사람들이 더욱 더 몸을 낮추어 행동한 것이다.

110. 돈을 좀 주면'의 뜻이다.

111. '다른 사람들에게 돈을 달라고 손을 벌리지는 않는다'는 말이다.

112. 혼자서 하는 일이 아니라 사람들과 함께 하는 일을 잘하면 좋을 것이라는 말이다.

113. 「티브이는 사랑을 싣고」라는 텔레비전 프로그램에 출연할 뻔했던 일과 관련된 이야기이다.

가계도

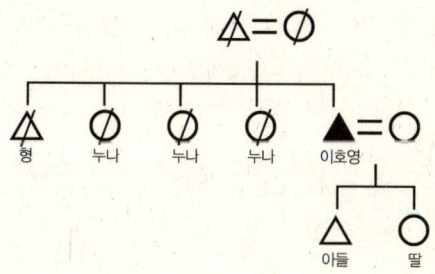

형 누나 누나 누나 이호영

아들 딸

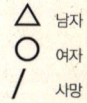

△ 남자
○ 여자
／ 사망

연보

1936년(1세)   경남 함양군 병곡면 송평리에서 2남3녀 중 막내로 태어남.

1942년(7세)   아버지로부터 사서삼경을 배움.

1945년(10세) 함양군 소재의 '병곡국민학교' 에 입학함. 코가 짓무르는 병 때문에
              고생함.

1950년(15세) 3월에 '병곡국민학교' 를 졸업함. 졸업을 전후하여 연극을 시작함.

1950년(15세) 육이오전쟁이 터짐. 신설동(서울) 큰누나의 집에 있다가 용인으로 피
              난 감.

1953년(18세) 전라북도 남원의 '남원농고' 에 입학함.

1956년(21세)   '남원농고' 를 졸업함.

1957년(22세)   '1군 사령부' 가 있는 원주에서 군대 생활을 함.

1963년(27세) 안식일교회에 다니기 시작함.

1964년(29세) 서울 태릉에 있는 삼육대학교에 입학함.

1969년(34세) 교회 목사의 소개로 결혼을 함.

              이 시기를 전후로 하여 서울에 있는 음식점을 돌아다니며 점원으로
              생활함.

               '용좌클럽' 에서 2년 정도 근무함.

1978년(43세) 이 시기를 전후로 하여 야시장 바람잡이 일을 함.

1985년(50세) 이 시기를 전후로 하여 종로 탑골공원에서 '거리의 악사' 생활을 시
              작함.

2005년(70세)   가수 '마야'의 뮤직비디오 촬영을 함.
2007년(72세)   지금도 종로 일대에서 '거리의 악사' 생활을 하고 있음.

부록

구술자의 사촌 동생 부부이다. 구술자의 고향인 함양군 병곡면 송평리에서 살고 있다. 구술자의 형수가 죽고 난 뒤부터 지금까지 구술자의 집을 관리하고 있다. 구술자의 구술 내용 중 사실 확인이 필요한 부분을 구술해 주었다.

거리의 악사의 사촌 동생을 만나다

이호영 씨를 아시나요?
네. 하도 나간 지가 오래돼 놔서….

그분이 일천구백이십사년생인가요?
일천구백삼십육년생인데~, 자기가 이십사년생이라고 하던가요?

아, 정확히는 잘 모르겠구요. 삼십육년생이라구요?
네.

여기서 사시다가 언제쯤 서울로 가셨나요?
정확히는 잘 모르겠는데 한 사십 년은 넘은 것, 한 사십~, 한 오 년, 사십오 년 정도 됐겠네요.

그분이 형제가 어떻게 되시죠?
형님이 계신데 세상 떠나신 지가 오래됐어요. 나이 차이가 많이 나요. 지금 살아 계시면~, 가만 있어봐~ 한, 백여 살 정도 되셨겠는데요. [형님의 함자는] 호 자, 준 자요. 호준.

그리고 누님이 있으셨나요?
네, 누님이 서울에서 배우라요. [누님 함자가] 이 자, 진 자, 순.

이분이 미스코리아인가요?
미스코리아인 줄은 모르겠지만, 미인이라요.

가수를 하셨나요?

가수보다는 배우를 많이 했어요. 탈랜트(탤런트)를 많이 했어요. 일제시대 때는 연극배우고.

노래도 많이 하셨다고 하던데요.
네. 그랬다대요. 일제시대 때 노래도 하고…. [지금 살아 계시면 연세가 그게~, 지금 구십쯤~, 구십몇 살 정도 됐을 거예요. 확실히 모르겠는데 그 정도 됐을 거예요. 세상 뜨기 직전에 여기 좀 계시다가 서울로 올라가셔서, 자기 집에 가서 [돌아가셨어요].

신설동이 집이었나요?
집에는 안 가 봐서 모르겠구요. 아들이 ○춘이라고, 서울대 출신이고, 은행에 다니고 [그랬습니다].

누님이 연예 활동에 대해 기억하시게 있나요?
그 당시 우리 촌에는 테레비(텔레비전)가 없고 해서 [잘 모르겠지만] 배우 생활을 많이 했다고 케.

누님과 관련된 자료는 혹시 없으세요?
없어요. 예전에 책이 있었는데, 자기가 낸 책도 있고 했었는데.

예전에 미스코리아라는 이름으로 〈백두산을 찾아가자〉 그런 노래를 부르셨다고 하는대요
모르겠어요. 그 당시에 내가 [어려서 잘 기억이 안 나요].

나중에 이순이라는 이름으로 활동했다는데 맞나요?
네, 맞아요.

누님 인상에 대해 말씀 좀 해주세요?

우리는 잘 모르지요. 누님 아들이 나하고 동갑인데, 몰라요. 인자 노래, 배우 생활도 그만두고. 노환으로 여기 좀 내려와 계시다가 [돌아가셨으니까].

언제쯤 내려와 계셨나요?

한, 육십오년도 넘었나 모르겠네. 육십오년도 정도 넘었을 거예요.

고향에 내려오셔서 오래 계셨나요?

여기서요? 한두 달 계셨나 모르겠어. [그 누님 밑으로] 여동생이 하나 있지. 나이 차이가 많이 나요. 이호영 씨가 나보다 한 살 많아요. 학교는 나랑 같이 동창이고. [그 누님은 함자개] 순 자, 기 자인데요. 이순기. [그 누님이] 나하고 여덟 살 차이 나고, 사촌 형[1]하고는 일곱 살 차이[가 나요].

병곡소학교 다녔다구요?

네. 그때는 국민학교라고 했어요. 우리가 졸업하고 육이오가 났어요. 졸업하던 해에. 우리가 삼월 이십구일날인가 졸업을 하고 육이오가 터졌어요. 오십년도.

몇 회 졸업이신지는 기억이 나세요?

응. 병곡초등학교 십사회 [졸업생이지].

초등학교 다닐 때는 어땠나요?

공부도 잘하고, 노래도 잘하고, 활달했어요. 나중에는 서울에 가서 많이 있었어요.

어려서 연극 같은 것도 하셨나요?

네, 그런 데 취미가 있고 [해서] 자기가 연극 대본을 어디서 한 번 가지고 와 가지고 극도 한 번 하고 했어요.

매번 하신 거는 아니구요?

그런 것을 어디서 자기가 가지고 와 가지고 배우들을 꾸며서 몇 번 했어요. 그 당시 젊은 사람들하고 몇이서 몇 번 했어요.

초등학교 때요?

아니, [초등학교] 졸업하고 [했어요]. 고등학교까지 나왔으니까.

고등학교는 어디에서 다녔나요?

남원, 남원농고 나왔어요.

중학교, 고등학교 다니실 때 여기서 연극을 하셨군요.

네, 그렇죠.

중학교는?

함양중학교. [어렸을 때는] 연극 같은 것도 하고, 노래도 잘하고. 웅변을 한다든지, 웅변에도 소질이 있어서 웅변도 잘해요. 음성이 아주 좋아서 웅변도 잘하고. [서울 올라간 뒤로는] 한 번인가 오고는 오지를 않아요.

어려서 댁이 좀 잘살았나요?

네. 그 당시에 잘살지는 못했지만, 예전에는 아주 잘살았어요. 그 집이 아직도 있어요. 내가 지금 관리를 하고 있지만은. 그 당시에 백부님 살아 계실 때에는 산다고 좀 살았어요. 그런데 그 당시에 전시고 이래서 영[어려워졌어요].

육이오 나고 고등학교 졸업할 때까지는 그래도 여기서 계셨네요.
네. 여기 있었죠. [고등학교 졸업하고 나서] 객지로 순전히 뭐 [돌았지]. 뭐, 껄렁껄렁 객지로 나가서 신학대학 나오고. 나왔는지는 모르겠지만.

아, 삼육대학이요.
응. 삼육대학. 구파발인가 어디 있다고 하던데.

태릉이요.
네.

대학 다닐 때도 내려오고 그랬나요?
네. 그 당시에는 왔어요. 결혼도 여기서 했고.

아, 여기서요?
네. 이ㅇ회~, 이ㅇ희인가 모르것다.

이진순이 아니구요?
아니, 그거는 누님이고, 이 양반 배필 말이다. 이ㅇ희인가, 내 조카가 ㅇ희가 있고. 음~, 그거는 교인이거든.

결혼식 사진 같은 기 가지고 세요?
결혼시 사진이 네게는 없는데요. [누가 가지고 있는 분이] 없는가, 모르겠어요. 교회에서 결혼식을 했는데.

어디 교회에서요?

수동교회.

수동교회가 어디 있는데요?

저기 함양 밑에 수동교회라고 있어요. 육십~ 한 오년 정도[에 했어요].
일천구백육십오년 정도 됐어요. 서른 좀 넘었을 거야.

아, 서른 좀 넘어서?

몰라, 한 서른이나. 나보다 더 뒤에 했어요.

아, 어르신은 언제 하셨는데요?

몰라. [웃음] 나 그런 것은 기억을 잘 안 해요. 큰아가 마흔서이거든요.
나 [결혼]하고 나서 한 일 년 있다가 했으니까. [그 집에] 남매가 있거든.
생긴 아들(아이들)도 참. 어렸을 때도 안 오고, 가(그 아이)들은 한 번도
여기 온 적이 없어요. 오지를 않는데. [얼굴도] 기억을 못하지. 안 내려와
서 안 봤으니까.

결혼하시고 곧바로 자녀를 낳기는 하셨겠네요.

그랬을 기야. 우리 아이보다 좀 적으니까 마흔 정도 됐을 기야.

딸이 위인가요?

(부엌에 있는 아내에게) 야~, 거기 사촌 형님이 딸이 먼저인가? 딸이
우일 건데. ○택이는 아는데, 딸 이름은 모르겠다. ○택이가 오빠지. 응.
한 번도 안 오니까 몰라. 내가 서울에 어디 사는가도 모르고. 테레비에서
어쩌다 한 번씩 보면은 나오고. 아고, 꼭 미친놈 같아요. [웃음]

텔레비전에서 가끔 보셨어요?

응. 나하고는 사촌 형님이니까. 나보다 한 살 더 먹었으니까.

그래서 기억이 나시는군요?

응. 그리고 여기 있을 때에도 피리를 불고, 노래를 하고, 연극도 하고, 퉁소도 불고, 노래도 취미가 있고, 웅변도 취미가 있고, 하여튼 말도 잘하고. [특별히 학교에서 말썽 같은 거는] 없고.

잘 다니셨네요?

응.

공부도 잘하셨다면서요?

응. 공부도 잘했어요. 글씨도 잘 써요.

할아버님이 한학을 하셨나요?

응. 학자라요. 할아버님이 아니고 백부님, 이분이 학자라요. (잠시 머뭇거리다가) [백부님 함자가] 이 자, 제 자, 규 자. 한문을 많이 했어요. [그런데] 누님도 배우 하시다가 고향에는 안 왔어요. 집에는 뭐, 백부님 살아 계실 때에는 집에 못 와요. 아주 [엄했어요]. 우리 사촌 누님을 집에 못 오게 했어요. 백부께서 못 오게.

백부님은 언제쯤 돌아가셨나요?

한~, 오래됐어요. 큰아버님이 아마 유이오는 났는가 보다. 한 육십년도 안 돼서 세상 뜨셨을 거야. 누님도 ㄱ 이후로는 있다가 가셨지요. 백부님 살아 계셨을 때에는 못 내려왔어요.

어머님은 그래도 이해를 하셨다고 하시더라구요.

네. [웃음] 우리 백모님은 그래도 이해를 하셨는가 몰라도 집에 와도 되고 했지만은 우리 백부님 살아 계셨을 때에는 집에도 못 오고.

이분도 어머님하고 같이 어렸을 때 신설동 누님집에 가셨다고 하시더라구요.

응, 조금 가서 계신 적이 있는가 보대요.

동네친구들은 좀 있었나요?

응. 많았지. 그런데 지금은 거의 없어요. 지금은 다 객지로 나가고 없고, 다 죽고 없어요. 이희상이라는 분이 있던가….

이희상이요?

그분이 일본 가서 있다던가. 연극을 같이하고 [그랬을 거라].

어르신도 같이 연극을 하셨나요?

[웃음] 나는 안 하고. 단역으로 쪼끔 [했어요].

가설무대 같은 거 꾸미면서 하시구요?

네. 백전²⁾도 가고 타 마을에도 가고 그랬어요.

배우들은 여자 분들은 별로 없으셨을 거 아니에요?

네. 남자가 여자로 변장을 해 가지고 [연기를 했어요].

돈이 좀 들어갔을 텐데요?

돈이 들어가도 자기네들이 조달을 해서 하니까, 돈이 조금 들기야 들었지만, 자기네들이 뭐 [알아서 했지].

별장 같은 것도 있었나요?

별장이 뭐, 여기 가면 대밭이 있고, 여기 산 밑에 밭이 있고, 별장이 있었지.

그 별장에서 무슨 일을 했었나요?

교회를 했었지. 중앙교회라고. 오 무슨 전도사라고 하던데, 이름은 모르겠고, 여자분이었는데….

이게 부모님 살아 계실 때라고 들었는데요?

글쎄, 살아 계셨나~. 우리 백부님은 세상 뜨셨고, 우리 백모님만 살아 계셨어요. 우리 백부님은 그런 데도 용납 안 해요,

어렸을 때 크게 아프시거나 이러신 적은 없으셨나요?

아, 있었지. 코가 여기가 빨갛게 물켜져서(짓물러서) 그걸로 고생을 많이 했어요. 수술을 했는가 어쨌는가 모르겠는데, 처음에는 몇 해를 못 낫고 애를 먹었어요. 그 이후로는 뭐 아픈지 모르겠는데.

쌀을 훔쳐 연극을 했다는대요?

[웃음] 그랬는가도 모르지요. [웃음] 그거는 확실히 모르겠구요. 쌀을 훔쳐 냈는가도 모르겠지요. 돈이 필요하니깐도로. 그런 게 있을란지도 몰라.

혹시 누님이 노래 부르는 것을 들어 보신 적 있으세요?

없어요. 그 당시에는 녹음기라는 것도 귀하고, 시골에서야 뭐.

큰댁에서는?

큰댁에도 없어요.

축음기 같은 거는 없으셨구요?
네. 없었어요.

그러면은 들을 만한 데가 없었겠네요.
네. 없지요. 백부님 살아 계셨을 때에는 여기에 오지를 못해요. 여기 집에 못 들어와요. 들어왔다가는 난리가 나지. [육십년대에 내려오셨을 때에는 누님 연세가] 육십이 넘었을 거예요. 나중에 칠십은 좀 넘었을 거예요.

아, 일흔 넘어서요?
응. 일흔 넘어서 한두 달 있었을 거예요.

그때 가서 인사도 좀 하고 그랬나요?
뭐. 같이 늘 같이 있다시피 했어요. 나를 얼마나 귀엽게 뭐, 동상(친동생)처럼 [대해 줬어요]. 사촌이기 때문에.

백부님의 형제분은?
아버님하고 형제분이고, 고모님들이 몇 분 계셨었는데, 고모님들은 모두 일찍 뜨시고.

그분들 중에서 일본에 가서 공부하고 오신 분이 계셨나요?
없어요. 한학을 하셨지. 우리 백부님도 [한학을 했고].

형제분들은요?
우리 아버님이 신학문 공부라고 해도 진주농업학교 정도[를 다닌 게 전부예요. 고모님들은 일찍 모두 세상을 뜨셨고. 세 분인가 계셨는데 우리 고모님들이 모두 단명을 하셔서. 출가하서 가지고 뭐 다들 단명을 하시고 [그랬어요].

여기 집은 언제부터 비어 있었나요?
여기 빈 지가 한 삼십 년 됐어요. 지금 여기 거의 짜그라질라고(무너지려고) 해요.

그럼 그때부터 관리를 하신 거예요?
네. 거기 사람이 없으니까 내가 가서 관리를 하고 있지요.

사촌 동생 부부가 현재 살고 있는 집이다. 이 집을 짓기 전에는 사촌 동생이 구술자의 집에서 잠시 살았다고 한다.

그러면은 백모님 돌아가시고 나서 비어 있는 건가요?

백모님 돌아가시고, 우리 사촌 형수님께서 좀 살아 계셨어요. 많이 살아 계셨어.

아, 맨 큰형님의 부인이요?

응. 형수가. 저 집이 빈 지가 한 사십 년~, 한 삼십 년 얼추 됐겠네.

상당히 힘드시겠네요? 비어 있는 집인데.

뭐, 힘들 거는 없어요. 이 집[3]을 짓기 전에는 내가 그 집에서 살았었어요. 그런데 이 집을 지었으니까 지금은 여기로 왔는데. 빈집이니까 거기가 있었지요. 나도 아들 자식들 모두 객지에 다 나가 있으니까.

---

1. 구술자 이호영을 가리킨다.
2. 구술자의 고향인 송평리 인근 마을의 이름이다.
3. 현재 사촌 동생 내외가 살고 있는 집을 가리킨다.